슈퍼커브

8

지음／토네 코켄
일러스트／히로
옮김／이엽

Super Cub
TONE KOKEN
illust : HIRO

타케치요
takechiyo
코구마를 왠지 마음에 들어 한다.
'절연,'의 주인인 수상한 미녀.
'절약연구회,' 줄여서
하루메
harume
코구마에게 슈퍼 커브 50을 받았다.
'절연,'에 드나드는 같은 인문학부 1학년 소녀.

에니와 시이
eniwa shii

대학교에서 시작한 풋살에 빠져 있다.
물론 이탈리아를 좋아하는 마음도
여전히 건재하다.

레이코
reiko

대학교에 진학하지 않고 세상을
방랑하기로 결정해 베트남과 태국으로 여행을 떠났다.
다만 지금은 아직 패키지 투어 중.

코구마가 처음 커브를 탔을 때와
전혀 다르지 않은 바람이 몸을 훑고 지나갔다.

코구마에게 어디든 원하는 곳으로
갈 수 있는 자유를 약속하고
그에 따른 책임도 잊지 않게 해주는
마법의 바람이다.

슈퍼커브
8

지음/토네 코켄 • 일러스트/히로 • 옮김/이엽

NEXT

컬러 일러스트·본문 일러스트 히로
컬러 일러스트·본문 디자인 신도샤

(1) 돈

코구마는 차고에 있었다.

대학 생활을 시작하면서 입주한 마치다시 북부에 있는 목조 단층집. 그 부지 안에 있는 개구리색 컨테이너.

코구마가 지인에게 이 집에 소개받고 세를 얻기로 선택한 이유인, 도난당할 우려가 높은 슈퍼커브를 안전하게 보관할 수 있는 컨테이너 차고 안은 조금 넓어졌다.

컨테이너 구분에 따르면 20피트, 뭐든지 밀리미터로 표기하는 버릇이 있는 공학 전공 지인의 말로는 폭 2,300밀리미터, 깊이 6,000밀리미터인 내부 공간은 원래 드넓어서 커브에다 정비 공구와 각종 부품은 물론 작업 책상, 그것과는 별개로 커브를 보며 차를 마실 수 있는 테이블과 의자를 두어도 충분히 여유가 있었다. 하지만 지금 타고 다니는 커브 90 외에 고등학교 때 타다 사고로 전손 처리한 커브 50을 부품 확보용 차로 가지고 있다가 얼마 전에 수리해서 다른 사람에게 주었기 때문에, 현재 컨테이너 안에는 경자동차가 한 대 들어갈 정도의 여유 공간이 있다.

컨테이너라는 구조상 여름과 한겨울에는 안에서 작업하기는 어렵겠다고 예상했다. 그러나 달력은 아직 4월 중반이고 날씨는 화창하지만 전날 내린 비 때문인지 기화열로 땅의 온도가 내려간 덕분에 컨테이너 내부는 쾌적한 온도를 유지했다.

작업등을 밝힌 컨테이너 안, 살짝 카페 느낌이 나는 테이블에서 커피를 마시며 자신의 수입으로 갖춘 바이크 취미 도구들을 보던 코구마의 마음은 오늘 같은 맑은 하늘에서 눈부시게 내리쬐는 햇볕과는 조금 인연이 멀었다.

코구마에게는 현재 슬금슬금 다가오는 사소한 걱정거리가 있었다.

그것은 하늘에서 운석이 떨어지거나 땅이 갈라지는 알기 쉬운 위기가 아니라 구름처럼 어중간하고 막연했다. 자신을 슬그머니 감싸고 행동에 보이지 않는 제약을 주는 존재였다.

돈이 없다.

원래 코구마는 여기서 살기로 정했을 때 충분한 자금을 준비해 두었다.

바이크 퀵서비스로 번 짭짤한 급여를 허투루 쓰지 않고 잘 모아 두었고, 1월에 사고를 당했을 때도 거의 혼자 힘으로 가해자인 택시회사와 협상해 충분한 보상을 약속받았다.

자신의 신원을 보증해줄 사람이 없는 천애고아인 몸으로서 의지할 것은 돈밖에 없었다.

그 후 대학교 여자기숙사에 입주할 수 있었지만 바이크 금지라는 이유로 걷어차면서까지 이상적인 살 집을 찾은 코구마는 그다지 깊이 어울리고 싶지 않은 독선적인 인간, 이름을 기억하고 싶지도 않아서 타고 다니는 렉서스 SUV 색깔을 따서 마룬색 여자라고 부르는 대학교 조교수의 소개로 이 컨테이너가 딸린 목조 단층집에 입주했다.

역에서 적당히 멀고 화장터와 공원묘지에 에워싸인 환경 때문인지 집세는 저렴했다. 지불 방식도 신용카드 결제가 가능한 물건이었던 덕분에 이사 비용은 예상보다 싸게 들었다.

신세를 졌던 단골 바이크 가게 트럭을 빌려서 혼자 힘으로 이사한 뒤로는 그다지 돈을 낭비하지 않은 느낌이었다.

지출이라고 해봐야 지은 지 50년이 넘은 목조 단층집을 사람이 살 만한 환경으로 만드는 리모델링 비용 정도였는데, 그것은 앞으로의 생활로 이어지는 필요 경비다.

대학교 강의가 시작된 뒤로도 광열비라든지, 기본적으로 직접 요리하거나 저렴한 학생 식당에서 끼니를 때우는 식비는 장학금으로 받는 돈으로 충분히 충당할 수 있다.

고등학교 때 학비를 대출해준 육영단체에 갚을 돈은 장기적인 상환 계획이 제시되어 있어 매달 나가는 돈이 버거운 수준은 아니다.

코구마는 왜 지금 자신에게 돈이 없는지 도무지 이해되지 않았다. 커피 컵을 손에 들고 일어선 코구마는 얼마 전에 산 드릴프레스과 에어컴프레셔 쪽으로 다가가며 생각했다.

나도 모르는 사이에 돈이 떨어졌다.

코구마 뿐만 아니라 진학이나 취직으로 혼자 살기 시작한 사람은 모두 그렇게 말한다.

(2) 모닝 루틴

사소한 고민에 연연하지 않는 성격으로 태어난 건지, 깨어났을 때는 상쾌했다.

일본식으로 꾸민 침실에서 눈을 뜬 코구마는 장지문을 열고 아침 햇살을 쬐며 이불을 갰다.

아마도 숙면을 취할 수 있었던 이유의 절반 정도는 이사할 때 새로 산 침구와 녹차 성분 착색료로 푸릇한 다다미의 감촉을 부활시키는 스프레이를 뿌려서 되살린 다다미 덕분인지도 모르겠다고 생각하며 이불을 벽장에 넣었다.

내내 바닥에서 뒹굴뒹굴하며 나태하게 지낼 마음은 없다. 그렇게 생각한 코구마는 고등학교 시절부터 입던 베트남 잡화점에서 산 검은 파자마를 집었다.

이 낡은 잠옷도 도쿄의 대학생처럼 보이는 옷으로 새로 장만하는 게 나을지도 모르겠다고 생각하다가 어제 자신을 고뇌에 빠지게 만든 돈이 없다는, 고민할 정도도 아닌 일상적인 현상을 떠올리고 일단은 자제하기로 했다.

야외에서 농사지을 때를 위해 대형 스피커가 달린 농작업용 라디오 스위치를 켜고 NHK FM을 튼 코구마는 바이엘 연습곡을 들으며 유닛배스에서 아침 샤워를 하고 속옷과 카키색 청바지, 버튼다운 셔츠를 입었다.

캔버스천을 직접 박아서 만든 자루에 아이패드와 무선 키보드, 마블초코 지통 같은 형태의 무인양품 알루미늄 필통과 노트를 넣었다.

처음에는 스프링 파일을 가지고 다녔지만 고등학교처럼 받아 적을 게 많지 않은 대학교에서는 노트가 더 가볍고 편리했다. 대학교 노트라는 이름이 찰떡이다.

처음에는 건반을 누르는 연습부터 시작한 바이엘이 중급 양손 연주 연습곡으로 바뀌는 것을 들으며 볕이 잘 드는 주방에서 아침을 만들었다.

히노키 바카운터 테이블에 해시라고 하는 감자와 함께 볶은 콘비프, 요즘은 보기 드문 팝업 토스터로 구운 두툼한 토스트, 버터와 마멀레이드, 사과와 토마토, 큰 컵에 가득 스킴 밀크를 차렸다.

주방에서 거실 쪽으로 돌아 나와 바카운터의 스툴에 앉은 코구마는 간단히 만든 아침을 깨끗이 먹었다. 밥을 해먹일 상대도 없는 홀가분한 혼자살이라 손이 많이 가는 음식을 만드는 건 휴일에만 해도 충분하다.

가끔 충동적으로 아침부터 소고기 고추 조림을 곁들인 멕시칸 필라프 같은 걸 만들 때도 있지만.

아침 먹은 그릇 설거지를 마친 무렵에는 바이엘 중급편이 끝나가고 있었다. 피아노 입문자용의 단조롭고 쉬운 곡이 흘렀다. 평소에는 싫지 않은 피아노곡이 조금 귀에 거슬렸다.

자신이 피아노를 연습하거나 가르치는 게 아니라 어린아이가 피아노를 배우기 시작한 옆집에서 오후에 날마다 들려오는 듯한 바이엘이었다.

이불 밖으로 나와 샤워를 하고 아침을 먹으며 지금 흐르는 악곡처럼 반복되는 아침을 맞이했지만, 코구마는 아직 잠에서 깨지 않았다.

딱히 이제부터 스포츠 경기를 하러 가는 것도, 적기를 격추하러 출격하는 것도 아니다. 일반교양 강의 정도는 깨어 있든 자고 있든 상관없다고 생각한 코구마는 빨간 스윙톱 스타일의 라이딩 재킷을 입고 자루를 들고 현관 앞에 섰다.

바카운터를 직접 만들 때 자투리 목재로 만든 신발장에서 프로케즈 천 농구화를 꺼낸 코구마는 운동화 끈을 묶고 신발장 위, 평범한 집이라면 계절 꽃을 꽂은 꽃병 등이 놓여 있을 공간에 놔둔 헬멧을 썼다.

마찬가지로 신발장 위에 놔둔 스테인리스 트레이에서 키를 집었다. 열쇠꾸러미를 던져 놓으면 소리가 나는 트레이는 어제 저녁에 돌아왔을 때 키를 정해진 곳에 놔뒀는지 불안해질 때 시각뿐 아니라 청각으로도 기억할 수 있다.

신발이 그다지 많지 않은 덕분에 충분히 여유로운 신발장에서 가죽 장갑을 꺼냈다. 이 빈 공간을 새로운 신발로 채우고 싶은 마음은 낭비의 황색 신호다.

키를 들고 현관에서 나온 코구마는 지은 지 50년이 지난 목조 단층집에는 어울리지 않는 육중한 떡갈나무 문을 잠그고 딤플형 자물쇠로 이중 잠금을 했다.

인접한 컨테이너 문을 열고 안에서 자신의 슈퍼커브를 밀고 나왔을 무렵에는 집에서 들려오는 바이엘이 상급 과정 곡을 연주하고 있었다.

컨테이너를 닫고 밖으로 꺼낸 커브를 킥 시동을 건 순간, 지금까지 멈춰 있던 것 같은 가슴의 고동이 부활하고 자신의 몸에 피가 도는 기분이 들었다.

엔진을 데우며 각 부분을 간단히 점검했다. 안정된 아이들링 소리에 바이엘 상급자용 악곡이 섞였다.

대부분은 부모님이 시켜서 배우는 피아노를 중간에 울면서 안 가겠다고 떼쓰지 않고 깊이 연구해 상급 기술을 익힌 사람만이 연주할 수 있는 소리다.

이 엔진 소리도 똑같다. 매일 유지보수를 거르지 않고 이상이 발생하면 바로 감지할 수 있는 귀로 만들어진 소리다.

일단 자고 있던 몸이 오늘의 의무를 이행할 정도로는 깨어났다. 그것에 만족한 코구마는 헬멧 끈을 조이고 가죽 장갑을 끼고 커브를 달렸다.

흠잡을 데 없는 완벽한 아침에서 코구마의 하루가 시작된다.

몇 분 뒤 라디오를 켜둔 채로 집을 나왔다고 깨달은 코구마는 황급히 집으로 되돌아왔다.

(3) 캠퍼스 라이프

야마나시에서 고등학생이던 때에 비하면 절반 정도의 거리인 데다 경사도 완만해서, 커브 엔진이 다 데워지기도 전에 도착하는 통학로를 달려 미나미오사와역 앞에 있는 대학교에 도착했다.

주차장에 커브를 세우고 와이어 자물쇠를 건 코구마는 자신의 커브를 보았다.

통학은 자전거로 하는 게 건강에 좋을지도 모른다. 환경이라는 것에도 좋을 것이다.

슈퍼커브가 모델 체인지를 할 때마다 친환경 대책으로 파워를 낮춰 연비를 악화시킨 전말을 아는 사람으로서 자연환경에 대한 배려는 바이크의 적이라고 생각했지만 대학생이 되자 의식도 바뀌었다.

세간에서 손가락질할 만한 일은 최대한 하지 말아야 한다. 특히 생활 기반이 취약한 현재로서는 무슨 일이 생겼을 때 꼴 좋다든가 그럴 줄 알았다 같은 말이 나오는 상황은 삼가는 게 좋다. 삼가기는 해도 그만 둘 마음은 없지만.

어쩐지 오늘 아침에는 유쾌하지 않은 잡념이 많이 떠오른다고 생각하며 강의를 듣는 강의실로 향했다.

아침 루틴과 통학보다 훨씬 창의성이 떨어지는 몇 시간의 강의를 들은 후 코구마는 대학교 구내에 있는 식당으로 향했다.

지루한 일반교양 강의를 듣는 동안 시시한 생각의 정체가 조금 보이는 기분이 들었다.

도쿄에서 대학 생활을 시작하고 얼마 뒤에는 일단 부족함 없는 생활 속에서 고독을 느낀 적도 있다.

생활이 자리를 잡고 지루해졌을 무렵이었다. 지금처럼 심심하다고 느끼는 단기적인 지루함이 아니라, 앞으로도 똑같은 시간이 반복되는 미래가 보이자 동시에 부작용처럼 튀어나온 감정이다.

현재의 안정된 생활에는 어떤 변화가 필요하다. 그렇지 않으면 고독 같은 한가한 사람의 시시한 고민에 자신의 퍼포먼스가 저하될 것이다.

모든 것을 버리고 여행이라도 떠나기에는 조금 장벽이 높다고 생각한 코구마는 일단 할 수 있는 일부터 해야겠다 싶어서 평소 자주 점심시간을 보내는 공제 식당과는 반대 방향으로 걸어갔다.

점심시간이라 건물 안은 조금 혼잡했다.

시의 간선도로인 대학교 앞 도로보다 분위기가 차분한 뒷골목과 접한 학생 식당이다.

대학교 사람들에게 카페나 햄버거집으로 불리는 카페테리아 학생 식당은 벽과 바닥이 백송 원목으로 되어 있어 따뜻한 느낌을 주는 인테리어였다.

셀프서비스를 의미하는 카페테리아라는 이름과 반대로, 셀프가 아니라 종업원이 주문을 받으러 오는 스타일이라서 코구마는 식당 안을 둘러보며 빈 자리를 찾았다.

카운터도 4인용 테이블도 만석이었다. 하는 수 없이 테이크아웃으로 뭔가 사서 주차장에서 먹기로 했다. 고등학교 때와 똑같이, 늘 그랬던 것처럼.

어쩌면 코구마는 딱 하나 남아 있는 빈자리를 못 본 척했는지도 모른다.

"코구마."

식당 안쪽에 있는 2인용 테이블. 통상적으로 커플석이라고 부르는 테이블 하나에 경영학부 타케치요가 앉아 있었다.

대학교에 입학한 뒤로 코구마의 주관적인 의견으로는 나쁜 의미의 변화, 위험한 변동을 야기하기 때문에 이 대학교에서 유일하게 어울리고 싶지 않은 사람이다.

걸음을 돌려 식당을 나가려고 했던 코구마는 결국 식당 맨 안쪽에서 벽을 등지고 앉은 타케치요의 테이블로 향했다.

지금은 당장 눈앞에 닥친 변화 없는 나날이라는 위험에서 벗어나야 한다.

저 꼴 보기 싫은 사람과 함께 있는 한 지루하지는 않을 것이다.

(4) 두부 햄버거

코구마가 타케치요의 허락을 받지도 않고 말없이 맞은편 의자에 앉자, 그 타이밍에 맞춘 듯이 타케치요가 눈짓으로 종업원을 불렀다.

"내 친구에게도 이것과 같은 메뉴를 줘요."

타케치요의 눈동자에 반했는지 홀렸는지 프린트 드레스에 얌전한 디자인의 앞치마를 두른 종업원은 숨을 가쁘게 몰아쉬며 끄덕였다.

타케치요는 자신이 먹던 햄버거가 놓인 접시를 가리키고는 다시 몸을 돌려 코구마를 보며 확인했다.

"코구마는 쿼터 파운드 두 개면 될까? 빵은 전립분으로, 사이드 메뉴와 음료는."

코구마가 끄덕여 알았다고 하자 종업원 쪽을 다시 돌아본 타케치요는 그녀의 안구를 통해 머릿속을 보는 눈으로 말했다.

"알아서 줘요."

빰이 상기된 종업원은 타케치요 맞은편에 앉아도 된다고 허락받은 꾀죄죄한 라이딩복을 입은 여자를 수상쩍은 눈으로 보고 떠났다.

일단 한 마디도 하지 않는 건 예의가 아니니, 코구마는 타케치요 앞에 놓인 버거 접시를 가리키며 물었다.

"그게 뭐예요?"

타케치요는 무늬 없는 희고 두꺼운 도기 접시를 한번 돌렸다. 식당 안을 둘러볼 때 깨달았지만 수제 버거로 유명한 학식에 종이나 스티로폼 접시에 담긴 음식은 나오지 않았다.

"두부 버거야."

타케치요는 처음 봤을 때도 반찬으로 두부만 놓고 보리밥을 먹고 있었던 것 같다. 그렇게 매일 두부만 먹는 하루하루의 반복이 질리지는 않는지 궁금했다.

타케치요는 코구마의 마음을 꿰뚫어본 듯이 말했다.

"두부 싫어해?"

코구마는 조금 고민하다 대답했다.

"두부는 싫어하지 않아요."

코구마는 두부 버거와 타케치요를 번갈아 보며 한 말의 진짜 의미를 이 사람이 알까 하고 생각했지만, 알아채지 못하거나 모르는 척하는 사람이라면 처음부터 이 자리에 앉지도 않았을 것이다.

곧바로 두부 버거가 나왔다. 같이 나온 사이드는 주문하는 사람이 아무도 없을 것 같은 건강차와 알팔파라는 주로 소 사료로 재배되는 식물로 만든 새싹 샐러드였다.

종업원은 계산서를 코구마의 바로 앞, 타케치요에게는 유리잔에 가려 사각인 위치에 놓고 떠났다. 아무래도 이 버거 학식에서 스마일은 무료가 아닌가 보다.

버거를 만든 사람은 종업원과는 다른 주방 담당자인지, 상상한 것보다 좋은 향기가 났고 괴롭힐 목적으로 와사비를 잔뜩 넣지도 않은 듯했다.

두께도 크기도 그대로는 먹기 힘든 볼륨이라 미국에서 홈메이드 햄버거를 먹는 방식을 따라 같이 나온 나이프로 반으로 자른 뒤 먹었다. 고개가 절로 끄덕여지는 맛이었다.

코구마가 지금까지 먹은 두부 햄버그는 아무리 고기 느낌이 나게 만들려고 해도 양념만 다른 동그랑땡에서 벗어나지 못했다. 그러나 이것은 밑간도 데리야키 맛 같은 소스 맛도, 식감도 다 괜찮았다.

타케치요가 추천한 두부 햄버거는 고기도 아니고 두부도 아닌 어중간한 무언가가 아니라, 두부 햄버그라는 하나의 독립된 식재료의 맛을 추구한 느낌이었다. 다음에 올 때도 주문해야겠다는 생각이 들었다.

일본과 미국에서 한때 건강식으로 유행했다가 지금은 그다지 먹는 사람을 본 적이 없는 알팔파도 무순이나 숙주 같은 새싹채소 전반을 좋아하는 코구마에게는 맛이 나쁘지 않았다. 실수로 흘려도 옷이 더러워지지 않는 점도 좋았다.

건강차는 뭐, 건강해지는 대가라고 생각하면 평범하게 마실 수 있는 맛이었다.

코구마는 자신이 덥석덥석 먹는 햄버거 너머로 같은 음식을 손으로 뜯으며 조금씩 입에 넣는 타케치요를 보았다. 관능적인 입매에 순간 눈을 빼앗길 뻔했지만 그녀의 본성과 인격을 떠올리고 자중했다.

코구마가 이 대학교에 입학하고 바로 엮이게 된 절약연구회, 통칭 절연이라고 하는 정체불명의 서클과 그 부장인 타케치요. 대학교 안팎에서 쓸모없어진 물건을 주워와 파는 활동을 하는 그녀와는 혼자 사는 데에 필요한 물건이 있을 때만 접촉하는 관계지만, 얻은 것이 하나 더 있다면 사람을 보는 눈이라는 놈일 것이다.

불쾌한 사람은 재빨리 끊어내야 하고 위험한 사람에게는 가까이 가는 것조차 피해야 한다. 그 두 가지 특성을 겸비한 좋은 예가 타케치요라는 사람이다.

그다지 대화도 하지 않고 서로 식사를 했다. 코구마는 식사를 할 때는 그러는 편이 좋았다.

코구마는 자신이 이 사람에게 무슨 가치를 발견했는지 고민했다. 무서우리만치 머리가 잘 돌아가고 실행력이 뛰어나며 코구마가 떠올린 일은 언제나 먼저 생각하고 행동하는 사람이다. 그래서 서로의 우열로 균형을 맞추는 집단을 형성하기 쉬운, 인간이라는 불완전한 종 안에서는 위험한 존재다.

두 개의 쿼터 파운드와 알팔파 샐러드를 다 먹은 코구마는 생각하면 할수록 어떤 사람인지 아리송해지는 타케치요에게 자신이 원하는 것을 솔직하게 이야기했다.

"돈이 필요해요."

무릇 대부분의 젊은이들이 공유하고 지금도 다른 자리에서 대화하는 대학생들에게서 2~3초에 한 번은 들려오는 말이었다. 어느 틈에 버거와 우엉샐러드를 다 먹은 타케치요는 아무 말도 하지 않고 미소 지었다.

타케치요의 대답은 그 자리에서 바로 할 수 있는 가벼운 말이 아닌 듯했다. 코구마는 타케치요의 얼굴을 보았다.

상황이 자신이 바라는 대로 진행되어 만족스러운 표정이었다.

이래서 타케치요는 위험하다.

그렇기 때문에 코구마는 타케치요의 곁에 있다.

(5) 검은 옷

그 전까지 우아하게 식후 휴식을 즐기는 것처럼 보이던 타케치요는 코구마가 건강차로 햄버거와 샐러드에 뿌려진 참깨드레싱의 여운을 씻어내자 자리에서 일어났다.

코구마는 타케치요가 식사 중인 상대에게 자신이 기다리고 있다는 불필요한 압박감을 주지 않는 점은 대단하다고 생각했다. 그리고 상대에게 자신의 시간을 헛되이 쓰지 않는 행동도 그렇다.

바로 종업원이 다가와 일회용 식기를 전혀 쓰지 않는 트레이를 정리했다. 타케치요는 환한 미소를 짓는 종업원에게 가볍게 손을 들어 인사했다. 그리고 종업원은 당연한 듯이 타케치요의 뒤를 따라가는 코구마를 위에서 아래로 훑어보고는 가볍게 코웃음을 치며 테이블을 닦았다.

함부르크나 홍콩 같은 곳의 수제 햄버거집을 본뜬 가게라면 이런 점이 더 현지 느낌일 것이다.

코구마는 여유로워 보이는 미소를 지으며 가슴 앞에서 종업원에게 손을 흔들었지만, 그녀는 눈길도 주지 않고 트레이를 들고 멀어졌다. 코구마는 벽에 걸린 펍 미러라고 하는 맥주나 청량음료 광고 프린트가 인쇄된 거울을 보고 싶어졌다.

요즘 새로운 생활을 위한 리모델링 작업과 커브 정비로 바빴던

탓에 외모가 조금 상했는지도 모른다.

이 종업원이 타케치요의 외모를 매우 좋아하고 그녀와 자연스럽게 어울리는 자신을 수상하게 보며 의심스러워한다는 것은 안다.

하지만 그것은 아주 큰 착각으로, 코구마는 타케치요를 되도록 같이 있고 싶지 않은 상대라고 여겼다.

다만 새삼스럽게 "따라와" 같은 말이 필요한 관계는 아니다.

코구마는 검은 원피스 차림으로 대학교 구내를 시원시원하게 걷는 타케치요를 따라갔다. 학생과 교직원들이 타케치요를 보는 눈에는 동경과 경계심이 뒤섞여 있었다.

그 뒤를 따라가는 코구마는 마치 그냥 공기인 것처럼 아무도 보지 않았다. 사람들에게 주목받지 않아서 다행이지만, 코구마는 자신이 눈에 보이지 않는 타케치요의 베일을 뒤에서 들고 가는 기분이 들었다.

식후 운동에 딱 적당한 10분 정도의 워킹 후 강당에서 벗어나 인공적인 숲을 빠져나가면 2층짜리 조립식 건물이 나온다. 타케치요의 본거지인 절약연구회 부실이다.

학생 식당에서 나온 뒤로 한 마디도 하지 않은 타케치요가 돌아보며 코구마에게 말했다.

"1층에서 가져올 게 있으니 미안하지만 2층 문을 열어줄래?"

칠흑 같은 머리카락에 청자 같은 피부는 누구나 돌아볼 법한 미인의 특징이었지만, 감상하며 즐기는 미인이 아니라 사람의 운명을 바꾸고 해를 입히는 미인이다.

이 얼굴은 별로 보고 싶지 않다. 기본적으로 불쾌하지만 그것이 조금 변질된 듯한, 외경과 비슷한 감정을 품은 코구마는 시키는 대로 철제 계단을 올라갔다.

예전에 이 서클의 활동을 도와줬을 때 그 보수로 서클의 공유재산인 재활용 소재를 원하는 대로 가질 수 있는 권리를 얻는 동시에 필요 없다고 했는데도 떠안겨 준 열쇠로 부실 입구의 자물쇠를 연 뒤, 벽 사이에 숨겨진 비밀 스위치를 눌러 미닫이문을 열었다.

아무도 없는 부실의 조명을 켜고 신발끈을 풀며 일본식으로 꾸며진 실내를 둘러보니 타케치요가 나무로 된 함을 안고 계단을 올라왔다.

신발을 벗어 신발장 옆으로 차 넣은 코구마는 뒤이어 들어온 타케치요를 위해 옆으로 비켰다. 타케치요가 가지고 온 상자는 두 개였다. 고등학교 동급생인 레이코라면 모제르 권총을 넣으면 딱 맞다고 할, 유채화 도구를 넣는 정도의 나무 상자와 보석함 크기의 작은 상자였다.

부실로 들어선 타케치요는 드물게 약간 당황한 표정을 지었다.

"미안하지만."

코구마는 한숨을 한번 내쉬고 상자를 들어 손을 못 쓰는 타케치요의 구두를 벗겨주고 슬리퍼를 준비했다.

얼굴이 비칠 정도로 잘 닦인 남성용 윙팁 구두를 신발장에 넣으며 왜 자신이 이렇게 불명예스럽고 굴욕적인 일을 시키는 대로 하는지 알 수 없었다. 지금 당장 타케치요가 소중히 끌어안은 돈벌이 수단으로 보이는 나무 상자를 빼앗아 달아날까 싶기도 했다.

두 상자 중 어느 것을 가져가야 할까. 옛날이야기대로 한다면 작은 상자가 안에 든 것이 비싸다. 하지만 타케치요는 코구마가 예상하는 범위 안에서 움직이지 않는다. 어쩌면 내용물보다 상자 자체가 비싼 물건인지도 모른다.

어느 쪽이든 둘 다 가져가면 고민이나 망설임은 해결된다.

아니면 두 상자를 들고 있는 사람째로 훔쳐가면 된다.

일어난 코구마는 손을 뻗어 타케치요의 뒤에 있는 미닫이문을 닫았다. 위팔에 타케치요의 머리카락이 닿고 얼굴이 가까워졌다. 타케치요는 햄버거를 먹은 직후의 입 냄새가 부끄러운지 얼굴을 돌렸지만, 적어도 후각이 아직 도시에 익숙해지지 않은 코구마에게는 불쾌한 냄새가 나지 않았다.

문을 닫은 오른팔을 쓰다듬는 코구마에게 타케치요는 가볍게 머리를 숙이고 방 한쪽으로 걸어갔다.

먼저 이 여자가 나무 상자 안에 숨긴 비밀을 보고 어떻게 할지는 그 이후에 결정해도 상관없다고 생각했다.

(6) 튜더

다다미 열두 장 크기의 일본식 방 안쪽에는 주방, 화장실과 나란히 작은방이 있었다.

타케치요는 작은방 문을 열고 전등을 켰다.

업무용 LED등이 천장에 달린, 일본식 방과는 빛의 파장이 다른 백열등으로 밝힌 다다미 세 장 크기의 방은 섬세한 작업을 하는 곳인 듯했다.

코구마도 이 방의 존재는 예전부터 알았고 내부도 본 적이 있다. 방의 3분의 1 가까이를 차지하는 두꺼운 떡갈나무 작업책상을 에워싸듯 세 방향의 벽이 공구로 가득 차 있었다.

커브를 타온 경험으로 공작 도구에 대해서는 어느 정도 아는 코구마가 볼 때, 공구와 고정구 혹은 약제는 하나같이 특수성이 높은 것들이었다. 보석품 전용 공구나 사진 현상 기구, 치과 기공재료까지 즐비했다.

백열등과 나무 책상. 타케치요는 모눈이 인쇄된 폼고무 데스크매트가 깔려 있고 어질러진 흔적이나 오염이라고는 털끝만큼도 보이지 않는 책상에 두 나무 상자를 놓았다. 음악실이 떠오르는 흡음보드 벽이 부드럽고 온기를 주는 방에 조금 어울리지 않는, 정식으로 구입한다면 최소 20만 엔은 줘야 하는 허먼 의자에 앉았다.

코구마가 의자 뒤에 있는 좁은 공간에 서서 뒤에서 지켜보는 가운데 타케치요는 작은 상자를 신중하게 열었다.

안에는 손목시계가 들어 있었다. 튜더 스테인리스제 다이버 시계였다. 문자반에는 장미 그래픽이 곁들여져 있었다.

타케치요는 다른 큰 나무 상자를 열었다. 내용물은 시계 수리용 공구였다.

책상 구석, 손을 움직일 때 방해가 되지는 않지만 손을 뻗으면 바로 닿는 위치에 공구함을 놓은 타케치요는 손목시계를 자기 눈 앞에 두고 루페라는 이름의 안와에 끼우는 확대경을 장착한 뒤 손목시계를 분해했다.

육안으로는 보이지 않는 환부를 현미경으로 보며 수술하는 외과의와 같은 영역의 작업이다. 의사나 기술자라기보다 예술가가 떠오르는 손놀림이었다. 코구마는 자신이 커브를 정비할 때의 과정과 완전히 다르지는 않다고 느꼈다.

코구마는 어째서인지 삼키듯이 멈춰 있던 숨을 일단 들이마시고 타케치요에게 말했다.

"그게 오늘의 돈벌이인가요?"

방에 들어온 뒤로는 한 마디도 하지 않았던 타케치요가 입을 열었다.

"맞아."

과묵한 타케치요의 모습은 평소에 말이 많은 그녀의 다른 면모를 본 기분이 들었다. 코구마는 이어서 말했다.

"시계는 잘 모르지만 어디서 구해왔는지는 궁금해요."

타케치요는 미소 지으며 대답했다.

"분쿄구 오츠카에 있는 감찰의무원이야. 보관 기간이 지난 유품 경매에 참여했어."

타케치요는 어린아이가 공터에서 주운 돌멩이를 자랑하듯 쿡쿡 웃으며 말했다.

"대단하지? 이 시계를 찼던 주인은 거의 물고기 밥이 되어 있었는데 이건 깨끗하게 남았어."

코구마는 타케치요가 수리하는 다이버 시계를 보고 싶기도 하고 그러고 싶지 않기도 한 기분에 사로잡혔지만, 보아하니 여기서 수리를 시작하기 전에 전체적인 세정 작업은 끝낸 듯했다.

"그걸 아마추어가 수리해 겉으로 보기에도 깨끗하고 수리 이력도 없는 상태로 팔아치우는 거군요?"

타케치요는 코구마의 육안으로는 보이지 않는 나사를 풀며 대답했다.

"이래 봬도 내 감정과 손기술을 신뢰해주는 사람이 몇 명 있거든. 내가 매입하고 수리한 물건이라는 조건으로 사고 싶다는 제안이 이미 몇 건 와 있어."

타케치요가 하는 일은 간단한 분해 청소인 듯했다. 뒷판을 열고 몇 가지 부품을 꺼내 약액을 가득 채운 기재에 담가 초음파 진동으로 세정했다.

코구마는 기계식 손목시계에 관해서는 표면적인 지식밖에 없지만, 제조된 지 얼마 안 된 시계는 전체를 침지해 세정하는 본격적인 오버홀을 하면 시계 자체의 수명을 단축시켜 폐해가 더 크다고 들은 적이 있다.

부품 세정을 마치고 공구가 든 나무 상자에서 모두 미립보다 작은 몇 가지 교환 부품을 꺼낸 타케치요는 부품을 다시 조립한 뒤 열었을 때보다 훨씬 신중한 손놀림으로 뒷판을 끼웠다.

타케치요는 한 차례 작업을 마친 뒤, 필름 카메라 시대의 필름 케이스 같은 루페를 안와에서 뺐다. 시계를 가볍게 흔들어 자동으로 감기는 태엽을 감고 귀가 아니라 손바닥으로 작동 소리를 듣는 것처럼 시계를 손바닥 위에 올렸다.

의식을 집중한 타케치요는 갑자기 뒤를 돌아보고 코구마의 손을 잡았다.

타케치요는 코구마의 팔을 잡아끌어 손목에 두른 카시오 손목시계를 보고 튜더 시계를 맞췄다.

타케치요의 가느다란 손목에는 손목시계 같은 종류는 없었다. 멈춰 있던 시간이 흐르고 지금의 시각을 표시하는 튜더를 보며 타케치요는 중얼거렸다.

"작업을 시작한 지 55분이구나. 그럭저럭 괜찮네."

타케치요가 여기서 손목시계 수리와 분해 정비를 하는 것은 코구마도 알고 있었지만 실제 작업을 본 것은 처음이었다. 누군가가 상응하는 대가를 지불할 가치가 있는 작업인지 코구마는 알 수 없었다.

코구마는 뭔가 돈을 마련할 방법의 힌트가 없을까 싶어서 이곳에 왔다. 하지만 이 이상 있어도 얻을 것은 없어 보였다.

이 손목시계를 판 돈이 타케치요의 시급이라고 생각하면 그녀가 돈을 버는 능력은 절대 낮지 않지만, 지나치게 특수해서 코구마에게는 적용할 수 없다. 다만 코구마의 물음에 쉽게 대답하지 않고 자신이 일하는 모습을 보여주는 타케치요의 사고방식에는 신기하게도 혐오감이 들지 않았다. 배우고 적용해서 자기 나름대로 개선하고 개량하면서 스스로 해답을 찾으라는 의미 전달은 조금 열 받았지만.

라이딩 재킷을 걷어서 적어도 정밀도에 한해서는 타케치요의 튜더를 웃도는 카시오 디지털시계를 흘긋 본 코구마는 커브를 타게 된 뒤로 애용하는 카시오를 어루만지듯 손가락으로 쓸었다.

아마도 비싼 가격이 붙는 튜더를 평범한 돈벌이 수단을 넘어 장난감처럼 다루는 타케치요의 손놀림에는 미치지 못할 것이다.

의외로 타케치요도 자신과 마찬가지로 사람을 제대로 사랑하지 못하는 사람인지도 모른다.

타케치요에게 인사도 하지 않고 작은방에서 나온 코구마는 출구가 아니라 주방으로 향하며 말했다.

"기분이 내키니 차를 우릴게요."

돌아본 타케치요는 여전히 의도를 읽기 힘든 미소를 지으며 말했다.

여기서 마음을 푼 미소를 보여주는 사람이었다면, 코구마는 여기 와서 타케치요와 함께 시간을 보내는 가치를 인정하지 않을 것이다.

"차도 괜찮지만 사실은 예전부터 너와 하루메가 즐겨 마시는 커피라는 것에 관심이 있어."

식기 선반을 곁눈으로 본 코구마는 고개를 한 번 끄덕이고 주전자에 물을 받아 불에 올렸다.

(7) 도토리

슬쩍 봤을 때 그럴 것 같다고 예상했던 미색 마대 자루는 열어보니 역시나 커피였다.

이 선반에 있는 것이 인스턴트 커피였다면 코구마는 타케치요에게 커피를 타줄 생각이 없었다.

자루에 찍힌 도장은 인도네시아 부근에서 사용하는 문자인 건지 코구마는 읽을 수 없었지만, 자루 끈을 풀어 열어보니 안에는 가축 먹이 같은 끔찍한 것이 들어 있었다.

대체 어느 커피 산지에서 수확한 것인지 형태가 삐뚤빼뚤 제각각이고 배전도 덜 됐는지 색깔이 연했다.

주방을 둘러본 코구마는 프라이팬을 발견하고 가볍게 다시 볶았다. 생두를 사와서 직접 배전하는 커피 마니아가 보면 주먹을 날릴 조잡한 손놀림이었지만 향기는 그럭저럭 괜찮았다.

아무래도 맛있는 커피로는 보이지 않지만 카페인 보급제 용도는 해줄 것 같았다. 코구마는 하루메에게 그다지 많은 것을 바라지 않았고 타케치요는 많은 것을 줄 가치가 있는 상대도 아니었다.

수동 그라인더에 원두를 거칠게 간 후 물이 끓을 동안 드리퍼와 필터를 찾다가 깨달은 것이었는데, 하루메의 공간으로 보이는 절연 부실의 주방이 상당히 어질러져 있었다.

식자재를 그다지 놓아두지 않아서인지 위생에는 문제가 없었다. 그러나 포트는 가스레인지 옆에서 먼 선반 위에 방치되어 있고, 커피를 내리는 기구도 코구마라면 같은 곳, 혹은 오른손으로 커피 원두 자루를 집을 때 자연스럽게 왼손을 뻗는 장소에 두지만 이 주방은 뭔가 작업을 할 때마다 주방 안에서 춤이라도 추듯 걸음을 옮기고 몸을 돌려야 해서 효율이 떨어졌다.

여기서 요리를 한다면 수시로 손에 드는 조미료 종류도 굳이 몸을 쭈그려 앉아 열어야 하는 맨 아래 서랍에 있어서 꺼낼 때마다 조리하는 음식에서 눈을 떼야 한다.

이대로는 주방이라는 작업 공간이 사고 유발 장치가 될 것이다. 코구마는 하다못해 눈앞에 있는 식기 선반 정도는 잡다한 물건들을 따로 분류하고 싶은 마음에 사로잡혔지만, 이곳은 다른 사람의 작업 장소고 어차피 무슨 일이 생겨도 자신의 목숨은 아니므로 손대지는 않았다.

드리퍼에 끼운 필터 페이퍼에 커피 가루를 붓고 끓여서 조금 식힌 물을 신중하게 부었다. 제법 괜찮은 솜씨로 커피 두 잔을 다 내렸을 때 밖에서 자전거가 멈추는 소리가 들렸다.

원두와 뜨거운 물은 아직 남아 있었으므로 코구마는 커피를 한 잔 더 내렸다. 만약 자전거 주인이 코구마가 생각하는 사람이라면 이 방에 조금 오래 머물도록 붙잡아야 한다.

코구마가 커브를 타고 놀러 다니던 10대 후반의 대부분을 커브로 과중한 노동에 짓눌려 혹사당한 하루메는 코구마보다 한 단계 두 단계를 훨씬 웃도는 커브 조작 테크닉을 가졌지만 코구마도 가르쳐줄 부분이 있고 때로는 설교도 해야 할 때가 있다.

일단 커피는 좀 더 좋은 걸로 사라고 말이다.

타케치요보다 속도가 빠른, 다시 말하면 우아함이 느껴지지 않는 걸음걸이로 계단을 올라와 코구마와 같은 방식으로 문의 잠금장치를 해제한 사람은 역시 하루메였다.

여기까지 서둘러 자전거를 타고 왔는지 숨을 조금 몰아쉬며 하루메가 말했다.

"타케치요 선배, 안녕하세요! 아, 코구마도 와 있었어? 오늘은 이걸 가지러 왔는데 지금부터 지자체에서 하는 풀베기에 가야 해. 미나리나 쑥이 버려지면 아까우니까."

방 벽에 걸려 있던 마대 가방을 집어든 하루메가 코를 킁킁거렸다.

"코구마, 그거 마셨어?"

코구마는 쟁반에 담은 커피잔 세 개 중 하나를 들고 한 모금 마셨다.

쓴맛은 오래 남는데 입안을 산뜻하게 해주는 산미는 없었다. 산미를 줄인 게 아니라 원래 산미를 내는 성분이 들어 있지 않은 결함품이었다.

"조금 멋대로 썼어. 이건 아라비카종 커피가 아니라 틀림없이

로부스타 변종이겠지만 이렇게 맛없는 커피는 처음이야."

하루메는 고개를 갸웃거리며 말했다.

"그건 도토리야."

일본식 방 중앙에 놓인 야쿠 삼나무 원목으로 보이는 탁자 앞에서 계속 명상하듯 눈을 감고 커피를 기다리던 타케치요가 천천히 눈을 떴다.

"가을에 잔뜩 떨어져 있길래 달라고 해서 가져왔는데, 커피로 마셔보려고 이리저리 궁리해 봤지만 안 돼서 대학교에서 키우는 소에게 주려고 놔둔 거야."

타케치요는 조용히 코구마를 돌아보았다. 평온한 감정이 깃든 타케치요의 검은 눈동자를 볼 필요도 없이 속으로 배를 부여잡고 깔깔 웃는 중이었다.

주방에 들어온 하루메가 식기 선반에서 훨씬 먼 화장실 옆에 놓인 캔을 들어올렸다.

"커피는 이거야. 그런 자루에 커피를 넣어둘 리 없잖아."

타케치요는 손을 뻗어 쟁반에서 컵을 들었다. 한 모금 마시고 말했다.

"이것도 배전을 다시 하면 제법 괜찮아. 사람에 따라서는 커피와 착각할 수 있을지도 몰라."

그렇게 말한 타케치요는 결국 참지 못하겠는지 몸을 앞으로 접으며 크게 웃었다.

"주방을 정리하지 않은 사람이 나빠."

코구마가 새빨개진 얼굴로 반박하자 하루메는 코구마가 주방을 쓸 때는 알아채지 못했던 지하 수납장을 열고 다과로 보이는 건빵을 꺼내며 말했다.

"이게 더 나아. 같은 곳에 두면 잘못 꺼낼 수도 있고 요리할하다 앗, 내가 좀 전에 설탕을 넣었던가 싶을 때도 몸을 써서 가지러 가면 잊지 않으니까."

어쩌면 코구마가 하루메에게서 얻을 지혜는 슈퍼커브 이외에도 있을지도 모른다.

일단 잡초를 뽑으러 가야 한다는 하루메를 반쯤 강제로 탁자 앞에 앉혔다. 하루메도 코구마가 로스팅한 도토리 커피를 보고 볼일을 잊은 얼굴이었다.

코구마도 자신이 여기 올 때 사용하는 손님용 방석을 깔고 자리에 앉았다. 이대로 하루메를 잡아 두고 커피 타임을 즐기려는데 코구마의 스마트폰이 진동했다.

타케치요에게 눈짓으로 허락을 청하고 윗옷 호주머니에서 꺼낸 스마트폰 착신 화면을 본 코구마는 전화를 받지 않고 스마트폰을 호주머니에 다시 넣으며 일어났다.

"일이 생겼어."

이제부터 타케치요, 하루메와 보내려던 시간이 코구마가 현재 끌어안은 과제인 금전 문제를 해결하는 데에 도움이 될 것 같기도 했지만, 아무래도 자신에게는 더 우선시해야 할 일이 있음을 깨달았다.

우아하게 손을 흔드는 타케치요와 코구마의 상황에 일방적으로 휘둘리다가 결국 다른 사람이 코구마를 데려가자 매우 불만스러운 표정인 하루메에게 가볍게 손만 흔들어 인사한 코구마는 몸을 돌려 농구화를 신고 절연 부실에서 나와 계단을 내려갔다.

서둘러 걸어 커브를 세워둔 주차장으로 향하며 조금 전에 전화가 온 상대에게 다시 걸었다.

"코구마, 도와줘!"

코구마가 고등학교 때 퀵서비스 라이더로 소속했던 운송회사의 사장 우키야 아즈마의 목소리가 들려왔다.

코구마가 길 위에서 신뢰할 수 있는 몇 안 되는 바이크 라이더로, 종종 자극적인 일을 의뢰해서 코구마에게 지루하지 않은 시간을 보내게 해준다.

그리고 코구마가 일한 양에 따라 어느 정도의 현금을 주는 사람이다.

코구마는 우키야의 의뢰는 거절하지 않는다.

그렇게 정해두었다.

(8) 의뢰

코구마는 삼림지대를 빠져나오는 와인딩 코스를 쾌적하게 달렸다.

계절은 초여름을 앞두고 있었다. 벚나무에 꽃이 지고 잎이 돋아 생명력이 넘치는 신록이 차체에 비치며 뒤로 흘러갔다.

도로 주변의 나무들이 사라지고 끝도 없이 펼쳐질 것 같은 산맥이 시야에 들어왔다. 기분 좋은 햇살을 받으며 코구마는 자신이 10대의 대부분을 보낸 야마나시도 그랬음을 떠올렸다.

지구 표면의 3분의 2는 바다로 사람은 바다를 보면 생명이 거기서 태어난 신비를 느낀다고 들은 적이 있지만, 코구마는 자신이 태어난 곳은 이곳이라고 실감했다.

일본은 7할이 산림이다.

아주 쾌적한 투어링이었다.

코구마는 앞으로도 그랬으면 좋겠다고 생각하며 전방에 우뚝 솟은, 이미 봄이 찾아왔는데도 눈을 뒤집어쓰고 날카롭게 우뚝 솟은 얼어붙은 산맥을 보았다.

그리고 아까부터 사이드미러에 비치는 하얀 빛.

빛을 뿌리치듯 액셀을 밟았다. 정말로 골치 아픈 건 뒤쪽의 하얀 빛이 아니라 이 바이크인지도 모른다.

마치다시에 있는 대학교에서 갑자기 호출 받고 세 시간 남짓. 코후쇼와에 있는 퀵서비스 회사는 아무것도 달라진 게 없었다.

야마나시와 그 주변 현의 물류 거점인 코후쇼와에서 무수히 보는 철골과 철판으로 된 창고, 셔터를 활짝 연 내부는 바이크 차고이고 안에 있는 조립식 건물이 사무실이다.

코구마가 이 회사 소속이었을 당시 출퇴근할 때 타는 커브 지정석이던 사무실 옆 주차장에 커브를 세웠다. 나란히 있는 다른 통근용 바이크와 원동기를 보니 직원들은 바뀌지 않은 듯했다. 업무용 바이크는 우키야의 검은 혼다 퓨전을 제외하고 다 나가고 없는 것 같았다. 성격이 보통내기는 아니지만 바이크를 사랑하는 마음으로 이어진 동료들을 만나지 못하는 건 조금 아쉽지만, 아직 이곳을 그만둔 지 한 달 남짓이라서 그리워하기에는 기억이 너무 생생했다.

아담하고 땅딸막하고 동글동글한 체형의 여자가 사무실 문을 열고 뛰쳐나왔다. 자신의 섹시함을 부정하는 듯한 살로페트 스타일의 데님멜빵바지와 도수 높은 안경, 포근하고 달콤한 향기가 나는 짧은 단발머리, 이 사람은 틀림없이 한 달이나 1년, 혹은 그 이상의 시간이 흘러도 변하지 않을 것이다.

"코구마! 잘 지냈어?"

코구마가 속했던 퀵서비스 회사 사장, 코구마가 길 위에서 신뢰하는 몇 안 되는 바이크 라이더 우키야 아즈마가 코구마에게 덥석 안겼다.

코구마는 우키야에게 이끌려 응접실로 갔다. 코구마가 소파에 앉아 마치다시에서 코후까지 오는 동안의 피로라고도 할 수 없는 수준의 체력 소비 후 한숨을 돌리고 있는데, 우키야가 인스턴트 커피와 도넛을 가지고 나왔다.

우키야가 좋아하는 음식일 뿐 아니라 바퀴의 회전에 목숨을 맡기는 생업에 종사하는 사람의 안전을 지켜준다고 믿는 도넛은 언제나 사무실에 비치되어 있었는데, 떨어질 것 같으면 누군가가 보충해 둔다. 퀵서비스 일은 대기 시간이 많다. 필연적으로 더위와 추위를 피해 커피를 마실 수 있는 도넛 가게에 들를 기회가 많아서 코구마도 곧잘 오래 머문 자릿세 대신 도넛을 사서 돌아왔다.

눈앞에 나온 올드패션 같은 도넛은 자주 다니는 도넛 가게에서 보는 것보다 조금 색이 옅었다. 우키야에게 눈으로 허락을 받고 하나 먹어보았다. 튀김 특유의 느끼함이 적고 반죽에 독특한 쿰쿰함이 느껴졌지만 역한 냄새는 아니었다.

코구마는 눈썹을 올려 우키야를 보았다. 이 사장과 알게 된 기간은 짧아도 "이건 무슨 도넛이에요?" 하고 소리 내어 물을 정도의 얄팍한 관계는 아니었다. 우키야는 기다렸다는 표정으로 설명했다.

"얼마 전에 본가에 저녁 먹으러 갔는데 엄마가 살쪘다고 하셔서 도넛을 비지 도넛으로 바꿨어. 저쪽 시장에 있는 가게 말이야."

코구마도 아는 가게였다. 이 창고 겸 사무실 근처에 있는 드넓은 도매시장. 시장 안에 있는 식당은 기본적으로 거기서 일하는 사람들을 위한 곳이었지만 요즘은 물류 불황으로 손님이 줄어들자 지금의 시장 식당은 맛집으로서 외부 손님도 환영했다. 그중에 있던 자연식품점일 것이다.

"저기, 코구마, 나 살쪘어?"

우키야가 몸을 가까이 들이밀었다. 솔직히 몸무게가 아주 조금 늘어난 듯했지만 코구마에게는 그렇다고 해서 우키야의 여자로서의 매력이 줄어들었다고는 보이지 않았다. 역시 처음 생각한 대로 우키야는 달라지지 않을 것이다. 코후의 자산가라는 본가를 나와 자신의 힘으로 살아가려고 하지만 생각만큼 잘 되지 않는 부분도 불안정한 형태로 매우 안정적이다.

일단 코구마는 외모의 감상을 솔직히 말했다.

"살쪘어요. 도넛은 한 번 휴식할 때 두 개까지로 줄이세요. 그리고 운동하세요. 일은 운동이 안 돼요."

튀기는 기름에도 쌀겨기름을 쓴다는 도넛 두 개를 양손에 들고 먹던 우키야는 예상치 못했다는 표정을 지었다. 틀림없이 옆에 놔둔 커피도 평소와 다름없이 설탕과 크림이 듬뿍 들었을 것이다.

코구마는 언제나 달콤한 음식을 먹을 때 그러듯이 블랙커피로 입안을 산뜻하게 씻어냈다. 인스턴트 특유의 탄 맛이 나지만 조금 전에 대학교 절연 부실에서 마신 도토리 커피보다는 조금 나았다.

화학적인 맛이 나는 인스턴트 커피는 의외로 도넛과 제법 어울리기도 한다.

지금 도넛과 커피를 즐기는 건 여기까지 커브로 달려온 코구마에게 필요한 휴식이지만, 1분 1초가 아쉬운 고객을 상대로 일하는 퀵서비스 라이더에게 태평한 시간 같은 건 존재하지 않는다. 일단 우키야가 세 번째 도넛에 손을 뻗기 전에 코구마는 업무 이야기를 시작하기로 했다.

"여기로 오는 동안 전화로 대략적인 내용은 들었어요. 제가 말했죠. 이 일에는 두 대가 필요하다고요."

우키야는 소파에서 일어나 코구마의 말씀대로 따르기 위해 도넛 상자를 냉장고에 넣고 안에 있던 초코파이를 꺼내며 대답했다.

"당연히 나도 그렇게 생각했어. 이제 슬슬 올 때가 됐는데."

솔직히 코구마가 이 일을 맡은 건 한 번 더 우키야와 달리기를 기대했다는 이유도 있었다. 여기 와서 업무용 바이크가 우키야의 검은 퓨전만 남아 있는 것을 보고 계획대로 될 줄 알았다. 하지만 대신 들려온 건 코구마가 가능하면 두 번 다시 듣고 싶지 않았던 소리였다.

같은 퓨전이지만 음량이 크고 음질도 뱃속을 울리는 저주파음을 낸다. 게다가 코구마가 그다지 좋아하지 않는, 바이크를 타며 음악을 듣는 스피커가 달려 있는 건지 존 본 조비 노래가 같이 들려왔다.

코구마는 초코파이를 베어 물고 행복한 표정을 짓는 우키야를 곁눈으로 보며 사무실 문을 열었다.

쓸데없이 타이어 소리를 울리며 창고 안 형광등 불빛만으로도 요란하게 번쩍이는 펄화이트 퓨전이 멈췄다.

화려한 퓨전에 탄 밴스 가죽점퍼 차림의 여자는 바이크와 같은 색 바탕에 플래티넘실버 십자가가 그려진 헬멧을 벗었다.

흘러내리는 벌꿀색 머리카락, 펄화이트 퓨전과 비교해도 흰색이 돋보이는 피부, 에메랄드색 눈동자.

코구마 앞에 나타난 사람은 몇 달 전에 입원 생활을 함께 했던, 덧붙이자면 같은 병실을 썼던 세 명 중에서 가장 많이 충돌한 여자, 키요사토의 수녀라는 정말로 적재적소라는 말을 정면으로 부정하는 듯한 일로 생계를 꾸려나가는 바이크 광인이자 멍청이다.

"안녕, 코구마! 기도 잘 하면서 살고 있어?"

한손을 들어 인사한 사람은 코구마가 다시는 만나고 싶지 않았던 사쿠라이 요시에였다.

대화를 나누다 보면 언제나 냉정함을 잃는다. 지금까지 알게 된 사람들 중에서 유일하게 코구마를 감정적으로 만드는 여자였다.

(9) 쿠로히메

쿠로히메역에서 쿠로히메산 정상을 향해 똑바로 달리다가 중턱에 있는 개발 취락에서 현도를 타고 더 올라갔다.

경사는 심하고 구불구불하지만 새로 포장되었고 동결 걱정도 없어 보였다. 도로 가에는 눈이 아직은 사라지지 않겠다며 버티는 중이었다. 공기는 도쿄의 공기보다 배는 가치가 있지 않을까 싶을 만큼 깨끗하고 풍경도 신록의 계절 특유의 생명감으로 넘쳐흘렀다. 나무들 사이사이로 보이는, 아직 눈이 덮인 산들의 풍경은 숨이 멎을 것처럼 아름다웠다.

이 마을에 오는 동안의 풍경은 예전에 왔을 때와 전혀 다른 세상이었다.

코구마는 몇 달 전, 레이코와 함께 지진으로 고립된 취락 구조 작업을 하러 이곳에 왔었다.

그때는 산사태로 막힌 도로를 우회해 별장지 개벌업자가 사비로 깐 등산로를 지나 이곳에 왔다.

한겨울의 혹한기에 북극이나 다름없는 가혹한 칼바람이 모든 것을 얼어붙게 만드는 길이었다. 나무들의 가지는 사람의 몸을 수월하게 찢는 칼날이 되고 당연히 굴러 떨어지면 살아남지 못한다. 수시로 쓰러져 길을 가로막은 나무를 헤치고 토사를 타넘으며 올라갔다.

코구마는 그때 자신이 왜 그런 일을 했는지 아직도 완전히는 모른다. 취락에서 물도 음식도 온기를 취할 수단조차 곧 바닥날 처지인 친구를 걱정하는 우키야 사장의 눈물을 봤기 때문인지도 모른다.

울면 더 섹시해 보이는 여자가 있지만 우키야 사장은 지나치게 동안이라 우는 얼굴은 매력이 떨어진다. 환하게 웃을 때가 더 매력적이다.

마을 입구가 보였다. 코구마는 손을 흔들어 뒤에서 따라오는 사쿠라이에게 신호를 보내고 검은 퓨전을 몰았다.

의뢰를 받고 불려온 코후쇼와의 사무실에서 사쿠라이와 재회한 코구마는 곧바로 발길을 돌려 달아나려고 했다.

자신의 커브로 달려가려는 코구마를 사쿠라이가 뒤에서 붙잡았다.

"보고 싶었어, 코구마."

코구마는 손발을 버둥거리며 필사적으로 달아나려고 했지만 키가 10센티미터는 더 큰 체격 차이에서는 벗어날 수 없었다. 그리고 사쿠라이의 몸에서 은은하게 풍기는 카모마일 같은 향기를 맡자 허리힘이 풀렸다. 성당이라는 사쿠라이의 직장 때문일까. 예전에 퀵서비스 일로 오츠키시에 있는 성당까지 신부님이 통판으로 주문한 수영복 화보집을 배송한 적이 있다. 숭배물이 도착해 기분이 좋아진 신부님이 차를 대접해줬는데 성당 안에는 성사 의식에 쓰이는 향유인 라벤더 같은 향기로 가득했다. 물론 그 성당은 사쿠라이의 말에 따르면 장례식에든 결혼식에든 가리지 않고 제시하는 가격은 다른 성당보다 싸지만, 나중에 옵션 비용을 이것저것 붙여 바가지를 씌우는 곳인 듯했다.

"난 널 두 번 다시 보고 싶지 않았는데."

코구마가 그렇게 말하며 사쿠라이의 축복에서 벗어나려고 했지만 사쿠라이는 코구마를 단단히 끌어안으며 말했다.

"더는 코구마를 만나지 못할 줄 알았어. 하지만 우리는 길 위에서 다시 만났지. 신의 안배는 거역할 수 없어."

이제부터 업무를 의뢰할 파트너끼리 사무실 앞에서 격투를 벌이는 모습을 지켜보던 우키야는 안심한 듯 고개를 끄덕였다.

병원에 입원한 동안에 알게 된 친구 사이는 퇴원 후 다시 만나면 이상하게 서먹해지는 경우가 있다. 기본적으로 병원 환자복 차림으로 뒹굴며 대등한 시간을 보냈기에 바깥 세계의 모습으로, 서로의 사회적인 위치가 있는 몸으로 다시 만나면 어쩐지 같은 시간을 보냈던 때가 환상처럼 느껴진다. 퇴원할 때는 서로의 건강과 오랫동안 우정을 이어가기를 기도하며 헤어지지만 그대로 소원해지는 경우가 많다.

하지만 적어도 이 두 사람 사이에 있던 벽은 눈앞에서 단숨에 녹아서 사라졌다. 같은 바이크 라이더라는 공통점은 생각보다 훨씬 짙은지도 모른다.

돌아가려는 코구마와 못 가게 잡는 사쿠라이를 간신히 설득한 우키야는 사무실로 불러들였다.

사무실 응접실에 있는 소파에 앉은 코구마는 이제 체념한 모습이었다. 사쿠라이는 일을 매우 하고 싶은 분위기였다. 이것 역시 두 사람에게 공통된 사정, 지금 당장 현금이 필요하다는 이유가 있었다.

서로 발끝으로 찔러대는 두 사람의 맞은편 소파에 앉은 우키야는 업무 내용을 설명하기 위해 맥북 프로를 열었다. 우키야가 생각한 대로 코구마는 이미 테이블 위에 자신의 아이패드를 꺼내놓았다. 사쿠라이는 아무것도 꺼내지 않았다. 필요한 것은 그때그때 다른 사람에게 빌리면 된다고 여기는 타입이었다. 우키야의 경험상 그런 사람은 일의 필요성 선별이 빠르고 일할 때 인간관계 구축도 잘한다.

이미 화물 내용과 특징, 그리고 물품을 받을 곳과 배달할 곳에 대해서는 여기 오기 전 대략적으로 설명해 두었다. 나가노현 북부에 있는 곳에서 도쿄까지 물품을 배달하는 일이다. 자세한 내용은 오면 말해주겠다고 했다.

우키야가 지도 파일을 코구마의 아이패드와 공유했다. 파일을 연 코구마는 휘파람을 불고 옆에서 들여다보던 사쿠라이는 살짝 눈을 내리깔았다.

물품을 받을 곳은 코구마도 아는 곳이었다.

나가노현 시나노마치, 쿠로히메산 중턱에 분교를 중심으로 형성된 마을이다.

코구마는 불과 몇 달 전 지진으로 고립된 그 마을에 목숨을 연명할 물자를 배달했다.

사쿠라이의 미묘한 표정 변화를 깨달은 코구마가 옆으로 고개를 돌려 사쿠라이를 똑바로 보았다.

코구마에게서 눈을 피하던 사쿠라이는 코구마가 노려보자 항복한 듯이 말했다.

"나, 거기서 태어났어."

(10) 브리티시

아주 간단히 회의한 뒤, 코구마와 사쿠라이는 코후쇼와 사무실을 나섰다.

각종 장비를 채운 바이크 전용 그물조끼 일체형 라이딩 재킷을 코구마는 빨간 스윙톱 재킷 위에, 사쿠라이는 밴슨 가죽재킷 위에 덧입었다.

무수한 호주머니에 담긴 응급 키트와 태블릿 때문에 사쿠라이가 "무겁네" 하고 말하자 코구마는 사쿠라이의 등을 손바닥으로 두드렸다.

"가장 무거운 건 이거야."

놀러 가는 게 아니다. 조끼 등에는 회사 이름이 큼직하게 적혀 있다. 우키야가 설립한 회사 간판을 등에 지고 달린다는 사실을 알아야 한다.

사쿠라이는 고개를 끄덕이고 하얀 퓨전의 엔진을 켰다. 코구마는 커브로 가고 싶었지만 이번에는 우키야의 퓨전을 빌렸다. 루트 중간에는 고속도로도 있고 이 회사에서 일할 때 코구마의 전용 바이크였던 VTR250은 현재 다른 라이더가 타고 나갔다.

코후 부근에서는 사쿠라이보다 길을 잘 아는 코구마가 선행하는 형태로 퓨전을 출발시켰다.

코후쇼와에서 추오자동차도를 타고 추부오단도로와 조신에츠 도로를 지나 나가노 쿠로히메까지 간다. 퀵서비스 업무에서는 장거리라고 할 정도는 아닌 옆 현까지의 길을 몇 번인가 선두를 바꾸며 달렸다.

날카로운 추월 가속으로 다른 차를 앞지르며 주행하는 사쿠라이의 하얀 퓨전을 뒤에서 보며 코구마는 검은 퓨전 액셀을 열고 군더더기 없는 움직임으로 선행차를 앞질렀다.

처음에 코구마는 우키야가 까마귀라고 부르는 업무용 검은 퓨전보다 우키야가 흰 까마귀라고 이름붙이고 놀이용으로 커스텀한, 나중에 사쿠라이에게 양도한 하얀 퓨전을 타고 싶었다.

코구마도 그 흰 까마귀가 아직 우키야의 것이었을 때 빌려서 타본 적이 있고, 320cc까지 보어업한 엔진과 단기통이지만 맑은 소리가 나는 대경 머플러, 강화된 하체를 맛보자 순정이 아무래도 부족하게 느껴졌다.

하지만 실제로 타보니 우키야의 업무용 검은 퓨전도 충분히 매력적이었다.

액셀 반응도 양호하고 서스펜션 안정성도 높아서 안심하고 스로틀을 감을 수 있다. 순정과는 다르다. 피스톤과 흡배기 사이즈를 키워 파워 향상을 최우선하는 커스텀과는 다른, 세부적인 조율과 가공, 최적화를 중시한 메카닉한 튜닝이다. 어쩌면 사쿠라이의 흰 까마귀보다 돈이 더 들었는지도 모른다. 게다가 이런 바이크를 만드는 사람은 아는 사람만 타게 해준다. 사쿠라이가 타기에는 너무 아깝다.

일단 이번 일은 이대로 검은 까마귀에게 몸을 맡겨도 괜찮을 것이다. 흰 까마귀는 이미 사쿠라이의 바이크가 되었다. 적어도 코구마는 사쿠라이와 서로 바이크를 빌려줄 정도의 신뢰 관계를 구축하지도 않았다.

현 경계를 지나 지금은 시나노철도 키타시나노선으로 이름을 바꾼 구 신에츠본선을 따라 북상해 딱히 휴식을 취하지도 않고 쿠로히메산을 올라갔다.

코구마와 사쿠라이의 퓨전은 쾌적한 와인딩 코스를 따라서 중간에 있는 개발 취락을 통과한 뒤 고객이 있는 분교 마을에 도착했다.

어둑하고 나무들로 만들어진 터널이 기분 좋은 등산도로를 빠져나간 곳에 있는 마을은 개방적인 분위기였다. 외부인에게 생트집을 잡아 뇌물을 뜯어내는 보안관도 없고 소도둑을 매다는 기둥도 보이지 않았다.

의뢰인이자 우키야의 친구이기도 한 여교사가 기다리는 분교 숙직실로 향했다.

교사가 학교에서 숙직하는 제도가 여전히 남아 있던 옛날에 지어진 목조 교사에는 이 마을의 초등학생과 중학생까지 모든 학년을 합해 약 20명 정도의 학생이 있는데, 인원수에 비해 너무 많은 교실과 훌륭한 체육관이 있다.

코구마는 예전에 여기에 왔을 때 이 학생 숫자와 맞지 않아 보이는 설비가 지진이 발생하는 등의 유사시에 마을 주민이 대피하고 물자를 제공하는 재해 대응 거점으로 기능하는 것을 실제로 두 눈으로 직접 보았다.

축구장 정도 크기인 교정에는 헬리콥터가 긴급 착륙할 때 필수인 풍향풍력계와 함께 기온과 습도를 측정하는 백엽상이 설치되어 있다.

교사 뒤쪽에 덧대듯 증축된 통나무가 아니라 각목으로 직접 지은 통나무집 앞에 퓨전을 세우자, 일본의 기후와 습도에 맞지 않는지 잘 움직이지 않는 원목 문이 열리고 안에서 키가 큰 필드재킷 차림의 여성이 나왔다.

그녀는 고객과 인사하기 위해 영업용 미소 비슷한 것을 짓는 코구마에게 달려가 꽉 끌어안았다.

"잘 왔어! 우리 마을의 구세주!"

키가 큰 여성은 어쩐지 냄새가 나고 끈적끈적한 재킷을 입고 있었다. 고등학교 때 같은 반이었던 시이의 아버지 덕분에 코구마도 알고 있는 것이었다. 독일식 라이프 스타일을 사랑하면서도 젊었을 때 심취했던 영국 패션에도 미련이 있는 그가 큰마음 먹고 샀지만 결국 몇 번 입다 팔았다는, 두꺼운 면에 기름을 먹인 방수 재킷이다. 그 나라 사람이나 그 나라의 기후와 비슷한 지역의 사람이 좋아하는, 지독하게 불편한 오일 재킷이라는 방수방한복이다. 틀림없이 표고가 높아서 야마나시 호쿠토보다 강우량이 많은 이곳에서는 편리할 것이다.

사쿠라이가 평소 장례식이나 결혼식 일을 잘 따오는 우수한 수녀라고 자랑하던 게 꼭 거짓말은 아닌 듯한 미소를 지으며 악수를 하려고 옆에서 손을 내밀었지만, 오일 재킷 여자에게 역시나 포옹으로 환영받으며 코구마와 같은 처지가 되었다.

아무리 그래도 젊은 여자에게 방수오일 범벅인 천을 비벼대고는 신경 쓰는 기색도 없이, 키가 크고 이목구비가 뚜렷한 여성은 말했다.

"업무 이야기를 하기 전에 애프터눈티 어때? 아니면 세리나 스카치가 나을까?"

코구마와 사쿠라이는 서로 마주보았다. 코구마는 지난번에 이곳에 왔을 때 은연중에 깨달은 것이 있다. 찌무룩한 짙은 갈색으로 칠해진 숙직실이나 숙직실 옆에 있는 비슷한 크기의 차고에 자리한 재규어 쿠페를 볼 필요도 없이, 봄철에 오일 재킷을 덧입기에는 지나치게 더운 울 셔츠를 볼 필요도 없이 이 사람은 자신을 영국인이라고 여기며 생활 전반을 영국식으로 꾸미고 이 시골구석에서 얼스터나 크로이든의 자산가 흉내를 낸다.

브리티시한 사람이다!

(11) 티타임

코구마와 사쿠라이는 숙직실로 안내받았다.

신발을 신고 실내로 들어가는 스타일이었다. 그것을 보고 코구마가 짐작한 대로 실내는 영국식 인테리어 소품으로 장식되어 있었다.

건축업자가 별다른 기술 없이 자투리 목재로 빠르게 만들 수 있기 때문에 통나무집에는 높은 확률로 놓여 있는 2by4 목재와 건축 볼트로 만들어진 직접 만든 테이블이 거실 중심에 있고 구석에 주방이 보였다.

접이식 계단을 올라가면 침실이 나올 것이다. 한난차가 큰 일본에는 적합하지 않지만 브리티시 컨트리 취미를 가진 사람이 다락방을 선망하지 않을 리 없다.

집주인인 여성이 중후한 나무 옷걸이를 들며 코구마를 바라보자, 코구마와 사쿠라이는 그물 조끼가 달린 겉옷과 안에 입은 스윙톱을 내밀었다. 여성은 일본에서는 스윙톱이라고 불리는 코구마의 정통 브리티시스타일의 빨간 골프재킷을 흥미롭게 보았고, 런던 펑크가 떠오르는 밴슨 가죽재킷에도 경의를 표하며 옷걸이에 걸었다. 자신의 오일 재킷을 벗어 기름을 먹인 면에 의미가 있는지 어떤지는 몰라도 조심스럽게 솔질해 옆에 걸었다. 냄새가 좋다고는 할 수 없는 그 방수 오일이 자신의 재킷에 묻을까 걱정스러웠지만 어차피 바이크를 탈 때 입는 실용복이라 새삼스럽게 따지기도 좀 그렇다. 도시의 배기가스나 자신의 피가 묻는 것보다는 낫다.

보아하니 현관 옆 옷장 하나 정도의 공간이 외투보관실인 듯했다. 행거 옆에는 외투보관실에 빠질 수 없는 모자걸이가 있고 옛날 동영상에서 많이 보던 보르살리노 중절모가 걸려 있었지만 헬멧을 걸면 뒤집어질 것 같았다. 다행히 신발장 위에 공간이 있어 헬멧은 그곳에 두었다.

테이블 주변에 놓인 마호가니 의자를 권해서 앉았다. 일의 주도권을 쥐기 위해 가능하면 가장 안쪽인 윗자리에 앉고 싶었지만 그 자리에는 이미 집주인이 앉아 있었다. 교사답다고 생각했다. 자신의 학생뿐 아니라 업무나 사적으로 만나는 사람을 대할 때도 자신이 가르치는 학생 같은 태도를 숨기지 않았다. 코구마는 예전에 만난 대학교 조교수를 떠올렸다. 그 사람이 타는 렉서스 색깔이 취향과 맞지 않아서 앞으로 다시는 마주치고 싶지 않지만.

곁눈으로 사쿠라이를 보았다. 사쿠라이도 수녀로서 사람들에게 설교하는 일을 하는데 아무런 망설임 없이 아랫자리에 앉았다. 먼저 앉아서 의자를 조금 끌었다. 상대가 말하는 내용이 마음에 들지 않을 때는 언제든지 테이블을 걷어차고 출구로 달아날 수 있는 위치다.

코구마도 여성의 맞은편에 앉았다. 현관과 여성의 자리를 이은 선상, 만약 윗자리에 앉은 사람에게 누군가가 총을 쏘면 몸으로

막는 위치다. 솔직히 목숨을 걸 가치가 있는 상대와 동석할 때가 아니면 앉고 싶지 않다.

자리에 앉아 다시 제대로 인사를 하려는데 코구마보다 빨리 사쿠라이가 악수하려고 손을 내밀었다.

“이번 업무에서 메인 라이더를 맡은 사쿠라이 요시에입니다. 현재 일시적으로 공동 운송사에 적을 두고 있지만, 평소에는 키요사토에 있는 카톨릭 성당에서 신을 섬기며 예배와 신앙의 나날을 보내고 있습니다. 저희에게 신의 가호가 있기를.”

코구마는 입모양만으로 “거짓말쟁이”라고 말했다. 키요사토에 있는 사쿠라이의 성당은 같은 호쿠토시 안에 있어 코구마도 한 번 가본 적이 있는데 사쿠라이와 신부님은 오후에 예배당에서 둘이 같이 스마트폰 게임에 푹 빠져서 어떤 의미에서는 신의 가호를 비는 시간을 보내고 있었다.

사쿠라이는 은박 십자가가 박힌 명함을 내밀었다. 여성도 악수하는 손을 잡으며 명함을 건넸다.

이어서 코구마도 아직 어떤 사람인지 잘 모르는 여성과 악수했다. 악력은 의외로 강했다. 체육 수업으로 생긴 근육인가 싶었지만 조금 울퉁불퉁한 손바닥으로 깨달았다. 아무래도 옆에 있는 차고에서 쉬는 재규어 E타입 쿠페는 근처를 산책하거나 장을 보러 가려고 타는 차는 아닌 듯했다.

“저는 이번 업무에서 라이더를 지휘, 관리하는 일을 맡았습니다. 친구분이신 우키야 사장에게는 평소에 많은 신세를 지고 있습니다."

코구마가 꺼낸 우키야의 퀵서비스 회사가 발행하고 지급한 명함을 보고 교사는 성을 어떻게 읽어야 하는지 고민하는 모습이었다. 코구마는 이미 익숙했다. 읽기 어려운 한자라 처음 보는 사람은 보통 읽지 못한다.

"코구마라고 부르시면 됩니다" 하고 말하자 안도한 모습이었다.

코구마도 내민 명함을 슬쩍 보았다. 분교라고는 해도 공립학교, 교직 공무원인 듯한 생경한 명함이었다. 이름은 이쿠자와 테츠카라고 했다.

"코구마 씨는 아즈마랑 같이 일했어요? 그 애랑 같이 일하기 힘들죠?"

아무래도 코구마가 어려워하는 잡담, 공통된 지인에 대한 이야기가 시작되려나 보다. 이것도 업무의 일부니 적당히 맞장구라도 치며 넘기려고 했는데 갑자기 등 뒤쪽에서 추시계가 울렸다.

중후하지만 심장이 덜컥 내려앉는 종류가 아닌 따뜻한 소리를 들은 이쿠자와라는 여성은 이야기 중간에 갑자기 일어났다.

"차를 마실 시간이에요. 바로 우릴 테니 조금 기다려요."

그렇게 말하고 이쿠자와는 커튼으로 구역을 나눈 주방으로 들어갔다. 사쿠라이가 의자 위에서 기지개를 켜며 말했다.

"영국과 전쟁을 하면 항상 오전의 일레븐시스와 오후의 에프터눈티 시간에 포격이 멈춰. 적국은 그걸로 시계를 맞췄고."

코구마는 사쿠라이가 알려주는 쓸모없는 지식보다 그녀가 평소처럼 가죽점퍼 밑이 성직자답지 않은 모습인 게 신경 쓰였다. 탱크톱 가슴 부분의 옷감이 한껏 늘어나 있었다. 자신이 입은 하얀 스웨트셔츠의 가슴을 쓸어보았다. 시노 할아버지 가게에서 공짜로 받은 옷에는 혼다레이싱의 화려한 로고가 프린트되어 있다.

몇 분 뒤 주석 찻주전자와 컵, 설탕병과 우유 피처, 오이만 들어간 샌드위치를 담은 은쟁반을 들고 이쿠자와가 자리로 돌아왔다.

코구마와 사쿠라이의 앞에 살짝 따뜻한 컵을 놓고 익숙한 손짓으로 홍차를 따랐다. 올바른 방식으로 우렸는지 머스캣 같은 향긋한 다질링 향기가 퍼져 나갔다. 코구마는 영국 홍차 애호가가 형식대로 손님에게 차를 먼저 따를지 우유를 먼저 따를지 물어보지 않는 것이 신경 쓰였지만, 이쿠자와가 자신의 홍차를 따를 때 찻주전자와 우유 피처를 동시에 들고 양쪽을 동시에 따르는 것을 보고 수긍했다.

런던에 있는 유명한 찻집인 포트넘 앤 메이슨의 나이 많은 지배인이 그렇게 따른다고 들은 적이 있다. 엄격하게 지키며 전승된 홍차 매너의 결론은 '하고 싶은 대로 해라'인가.

이쿠자와에게 눈짓으로 허락을 구하고 직접 우유를 넣은 차를 한 모금 마셨다. 사쿠라이는 설탕을 무례할 만큼 넣고 휘저었다. 이어서 보이는 것처럼 정말로 오이만 들어 있는 샌드위치를 하나 집으며 사쿠라이가 샌드위치에 바를 마요네즈 같은 걸 요구하기 전에 업무 이야기를 꺼냈다.

“이번에 배송할 물품 말인데요.”

분명 몇 번이나 거울을 보며 연습한 게 틀림없는 우아한 동작으로 오후의 홍차를 즐기는 이쿠자와는 역시 화가 날 만큼 우아한 말투로 이야기했다.

“아즈마에게 듣기는 했지만 코구마 씨는 인생의 시간을 좀 많이 서두르는 사람이군요. 조상님이 켈트족이신가요?”

코구마는 오늘의 넥타이 무늬가 뭐냐고 묻는 말에 대답하듯 말했다.

“친가 쪽 증조모가 그렇다고 들었어요. 벨파스트 출신이라고만 들었고 다른 건 아무것도 모르지만요.”

이쿠자와의 표정이 변했다. 복잡한 얼굴이었다. 굳이 설명하자면 혼다나 야마하 바이크를 열심히 영국 스타일로 커스텀해 자랑스럽게 타고 다녔는데 옆에 진짜 트라이엄프나 BSA가 멈춰 섰을 때 같은 얼굴이었다.

이쿠자와는 조금 전에 받아든 코구마의 명함을 황급히 다시 보았다. 읽기 어려운 한자, 발음을 카타카나로 표기하면 아일랜드계에서 흔히 쓰는 성이 된다.

사쿠라이가 느닷없이 코구마의 어깨를 잡고 자기 쪽으로 몸을 돌렸다. 에메랄드 같은 눈동자로 쳐다보았다.

“예전부터 그렇지 않나 싶었는데 코구마의 눈동자는 한쪽이 회색빛이 도는 헤테로크로미아라는 거구나.”

이쿠자와는 조금 전까지의 우아한 동작은 내던지고 테이블을 탁탁 두드리고 발을 동동 구르며 말했다.

“아일랜드 피가 섞인 데다 오드 아이라니! 너무 부러워! 좋겠다~! 부럽다~!”

코구마는 조금 부루퉁하게 오이만 들어간 샌드위치를 하나 더 베어 물었다. 좋은 향기가 나는 버터가 발라져 있고 소금간도 적당했다. 어쩌면 지금까지 먹은 샌드위치 중에서 손에 꼽을 만큼 맛있는지도 모른다. 적어도 지금 오가는 그다지 유쾌하다고 할 수 없는 대화보다는 가치가 있다.

역시 잡담은 부담스럽다. 자신이 오드 아이로 이득을 본 건 기억하는 한 한 번도 없었고 벽안처럼 예쁜 오드 아이가 아니라 치과 의사조차도 알아채지 못하는 미묘한 회색 계열 오드 아이이다.

키스할 정도로 가까이 다가오는 상대가 아니면 알아채지 못한다.

(12) 성당

코구마와 사쿠라이가 배송할 물품이 준비가 끝나는 시기가 내일 이른 아침이었으므로, 코구마와 사쿠라이는 저녁 시간까지 마을 안을 산책했다.

이 주변의 아이들을 받는 분교를 중심으로 형성된 마을은 옛날부터 있던 곳이 아니라 민간 리조트 개발 기업 주도로 만들어진 비교적 새로운 마을인 건지 건물도 포장도 낡은 느낌이 없었다.

주민이 거주하는 건물은 스위스풍 삼각지붕이 많지만 1층에 멋없는 기념품점이 들어서 있는 관광용으로 흉내 낸 것은 아니었다. 현지의 목재와 회반죽으로 만들어진 샬레 스타일이라고 하는 중후한 목조 건축이었다.

외부인에게 보여주기 위한 건물이 아니라 거기서 이상적인 생활을 영위하기 위한 목조 주택이다. 그 이쿠자와라는 분교 교사도 브리티시 색안경 너머로 보면 하이랜드라고 하는 스코틀랜드 고지대라고 상상할 수 있을 것이다.

사쿠라이는 마을 이곳저곳을 손가락으로 가리키며 안내해 주었지만 편의점 같은 곳은 보이지 않았다. 마을에 식료품과 생활용품을 파는 상점이 딱 하나 있었는데, 쇼핑은 여기서 몇 킬로미터 산을 내려가면 나오는 개발 마을에서 충당한다고 한다. 그리고 거기서 또 몇 킬로미터 내려간 쿠로히메역 앞에서 대부분의 물건을 살 수 있다.

예전에는 산길을 오갈 때 자동차나 바이크와 면허가 필수였지만 지금은 아주 평범한 전기 자전거로 배터리 용량 범위 내에서 왕복할 수 있다.

마을을 벗어나 반쯤 산으로 에워싸인 곳에 작은 성당이 있었다. 사쿠라이가 노크도 하지 않고 예배당으로 들어갔다. 신앙심과는 인연이 없는 코구마가 들어가기를 망설이자 사쿠라이가 성수반으로 손가락을 적시고 십자가를 그은 뒤 돌아보며 말했다.

"들어와. 성당은 모든 길 잃은 어린 양을 위해 언제나 문이 열려 있으니까."

일요일도 아닌데 예배당은 제법 사람들로 북적였다. 코구마가 아는 성당과의 차이는 예배석에 앉아 있는 사람들이 모두 노트북과 스마트폰을 가지고 있다는 점이다.

"이 마을에서 와이파이가 되는 곳이 여기뿐이거든. 우리 같은 애들의 놀이터였어."

코구마는 예전에 고립된 이 마을을 구호하러 왔을 때를 떠올렸다. 전기가 끊기고 라이프라인이 모두 기능을 상실한 마을에 가솔린엔진 발전기를 가져갔을 때 마을 주민은 맨 먼저 와이파이를 부활시키기를 희망했다. 하지만 발전기를 라우터에 연결해 보니 정전만 된 게 아니라 와이파이 기지국도 피해를 입은 사실이 드러났다. 굶주린 사람처럼 소셜 게임이나 SNS 어플을 열어보던 주민들은 접속 에러 표시를 보고 성당에 어울리는 장례식 같은 분위기로 바뀌었다. 결국 발전기와 당분간의 식료품과 함께 가지고 간 위성 휴대전화 덕분에 어떻게든 외부와의 연락이 가능해져 지자체에 구호를 의뢰할 수 있었다.

신부님으로 보이는 사람이 설교단 위에 나타났다. 이 성당은 온라인 쇼핑으로 온 물건을 받는 곳이기도 한 건지 아마존이나 라쿠텐 박스를 안고 왔다. 거무스름한 피부에 길고 곱슬곱슬한 머리카락, 어쩐지 제임스 브라운이 떠오르는 신부님이 사쿠라이를 보고 단상에서 내려와 달려왔다.

"요 개구쟁이 녀석, 이게 얼마만이야?"

사쿠라이는 각별한 표정으로 신부님의 손을 잡고 입술을 맞췄다.

"오랜만이에요. 오늘은 신의 은총으로 고향 마을에 은혜를 갚으러 왔어요."

코구마는 어떻게 인사해야 좋을지 망설였지만 결국 평소대로 악수하려고 손을 내밀었다.

신부님은 코구마의 눈을 보며 단단히 손을 잡았다. 쾌남은 아니지만 뭐랄까 장난기가 섞인 눈동자를 가졌다.

"편히 쉬다 가시게! 음료는 셀프지만 바가지는 아니야."

신부님은 엄지손가락으로 창밖을 가리켰다. 성당에 소속된 느낌으로 야마나시 현 밖에서는 보기 힘든 염가 자판기가 즐비한 휴식처, 해피 드링크숍이 있었다.

"설마 요시에가 멀쩡하게 일하고 있을 줄은 몰랐네. 키요사토에서 수녀가 되겠다고 했을 때는 아이고, 이 녀석 이제 제대로 살긴 글렀다고 생각했거든."

코구마는 자세한 이야기를 꼭 듣고 싶었지만 신자들이라고 해야 할지, 마을 주민들이 신부님을 불러 세웠다.

"신부님, 이거 인스톨이 잘 안 돼요."

신부님은 "잠깐, 실례" 하고 말하더니, 코구마에게서 벗어나 목소리가 들리는 곳으로 달려가 조작하던 태블릿을 손보았다.

"아, 용량이 부족해서 그러네. 이 사기꾼 녀석은 패치를 배포하면서 엄청나게 큰 갱신 파일을 같이 보낸다니까. 이봐, 누구 64기가 마이크로SD 남는 사람 있어?"

사쿠라이는 어깨를 으쓱하고 코구마에게 눈짓으로 나가자고 했다. 코구마는 단상의 십자가에 인사를 하고 예배당을 나왔다.

바깥에 있는 자판기에서 산 레몬스쿼시를 마시며 사쿠라이와 잠시 이야기를 나눴다.

북미 자본의 전력회사에서 재생 에너지 관련 기술자로 일한다는 사쿠라이의 아버지는 전근을 많이 다녔다고 한다.

발전용 기판 재료로 호쿠토시가 전국 생산량 상위를 차지하는 싱글 크리스탈 매장량 조사와 채굴을 위해 부임한 이 마을에서 사쿠라이가 태어났다. 그 후에 카미코치, 키요사토로 전근하면서 사쿠라이도 그에 따라 전학을 다녔는데, 키요사토에 있는 고등학교에서 구직 활동 시기에 바이크를 타고 놀러 다닌 끝에 성적과 수업 시수가 여러모로 위험해져서 옛날에 세례를 받은 신부님 소개로 카루이자와에 있는 신학교에 입학한 뒤 키요사토에 수녀로 부임했다고 한다. 세례명은 무슨 일이 있어도 코구마에게는 알려주지 않았지만 제임스 브라운을 닮은 신부님에 따르면 어머니 고향의 미식축구 팀 캔자스시티 치프스에서 전범 수준의 터치다운 실수를 한 와이드리시버와 이름이 같다고 한다.

코구마는 사쿠라이가 인생의 어느 부분에서 바이크에 매료되고 어떻게 돈을 모아 바이크를 샀는지 알고 싶었다. 하지만 그걸 물어보면 마치 괜히 사쿠라이의 과거를 알고 싶어 하는 성가신 여자가 될 것 같아서, 나중에 사쿠라이가 물어보지도 않았는데 멋대로 이야기를 꺼낼 때를 기다리기로 했다.

코구마는 단지 사쿠라이가 첫사랑 바이크라고 했던 혼다 NSR250R과 어떻게 사랑에 빠지고 어떻게 사랑을 키워갔는지 알고 싶을 뿐이었다.

지금도 여전히 미련이 남아 있는지. 지금 사쿠라이의 곁에 있는 것과 어느 쪽이 좋은지.

(13) 캔털루프

그다지 넓지 않은 마을을 사쿠라이의 손에 이끌리듯 산책하는 사이에 날이 저물었다.

봄의 중반을 맞이한 일본은 점차 일몰이 늦어지고 있는데, 일본이 아닌 듯한 이곳도 다르지 않나 보다.

틀림없이 이쿠자와는 해 질 녘의 어둑한 빛이 한밤중까지 이어지는 영국의 트와일라잇이 이곳에는 없어서 아쉬워할 것이다.

마을 분교 교사로 숙직실에서 생활한다는 이쿠자와가 코구마의 스마트폰으로 저녁 시간이라고 메시지를 보내서 마을 중심에 있는 목조 분교로 돌아갔다.

코구마와 사쿠라이가 불려간 곳은 분교에 있는 교실 중 한 곳이었다. 어쩐지 고소한 고기 냄새가 나는 실험실 옆, 평소에도 학생들의 교실이 아니라 마을 집회 장소로 사용되는 건지 벽에는 시간표나 청소당번표, 혹은 표어나 글자 연습이 아니라 자치회 연락망과 행사 안내가 붙어 있었다. 학교 책상을 여러 개 붙인 테이블에는 하얀 식탁보가 깔려 있었다.

식탁보를 손가락으로 만져보자 단단하고 손끝에 조금 걸리는 게 있었다. 일본에서는 호텔 리넨업자가 주로 면 침구를 쓰기 때문에 면과 혼용되기 쉽지만, 리넨 본래의 의미인 아마라고 하는 마 중에서도 의류와 침구에 쓰이는 고급 섬유로 짠 천인 듯했다.

눈부신 순백이 아니라 흰 천을 부자연스러울 정도로 하얗게 탈색하는 표백제를 사용하지 않은 차분한 오프화이트 색으로, 자세히 보면 작은 얼룩과 화학섬유라면 바로 녹을 상당한 고온을 견딘 듯한 탄 흔적이 있었다. 그런데도 청결함이 떨어져 보이지는 않았다. 두꺼운 리넨은 몇십 번 세탁해도 끄떡도 하지 않는다.

코구마와 사쿠라이는 직사각형으로 댄 책상의 짧은 쪽, 이른바 생일 주인공 자리로 안내 받아 착석했다. 역시나 뺄 때 독특한 소리가 나는 교실 의자였다. 바로 지난달까지 고등학생으로서 앉아 있었는데 어쩐지 지금 앉으니 엉덩이가 조금 비좁은 느낌이었다.

자리에는 마을 주민으로 보이는 사람들이 앉아 있었다. 많은 한계취락이 그렇듯 주민의 평균 연령이 일본인 평균 수명과 비슷한 고령자들이 아니라, 아직 시골 생활에 적응할 수 있을 때 조기퇴직하거나 재택근무로 전환한 사람들이었다. 조금 전에 만났던 제임스 브라운을 닮은 신부님도 있었다. 참석한 사람들의 표정을 보니 일단은 환영하는 마음과 흥미 위주의 관심이 있는 듯했다. 몇 명은 어린 시절의 사쿠라이와 아는 사이인 듯, 마을 아이였던 시절과 전혀 달라진 것 없는 말투로 말을 걸어와서 사쿠라이는 조금 부끄러운 표정을 보였다.

적어도 이브닝드레스가 필요한 갑갑한 자리는 아닌 듯했다. 사쿠라이는 밴슨 가죽점퍼가 식사 자리에선 좀 무겁고 몸에 너무 낀다고 느낀 건지 탱크톱 위에 분교에서 빌린 벚꽃색 카디건을 입었다. 코구마는 자신의 빨간 스윙톱 옷깃을 손가락으로 쓸었다.

호스트 역인 이쿠자와가 식전주를 나눠주었다. 카시스에 화이트와인을 탄 킬이라는 칵테일이다. 코구마와 사쿠라이에게는 알코올 성분이 1퍼센트를 넘지 않도록 카시스에 탄산수를 타주었다. 이미 스무 살이 넘은 사쿠라이는 조금 아쉬운 듯했지만, 코구마는 베리 계열의 조금 진득한 단맛을 탄산수의 청량감으로 완화시킨 옅은 카시스 소다가 꽤 마음에 들었다.

곧바로 몇 킬로그램의 소갈비살 통구이가 은색 트롤리라고 하는 카트에 실려 나왔다. 이쿠자와는 갈비살 로스트비프를 일본의 요도처럼 생긴 고기 자르는 나이프로 스테이크처럼 두껍게 자른 뒤, 버터를 곁들인 베이크드 포테이토와 함께 큰 접시에 담아 코구마와 사쿠라이에게 대접했다.

코스가 아니라 갑자기 메인 요리가 나오는 스타일이었다. 이쿠자와는 트롤리 하단에서 크레송 샐러드가 담긴 큰 그릇과 나눠 담을 접시를 꺼내 테이블에 놓았다.

참석한 사람들 사이를 돌면서, 표면은 잘 구워지고 가운데는 장미색인 로스트비프를 각자의 취향에 따라 잘라 나눈 이쿠자와는 코구마와 사쿠라이의 정면 맞은편에 앉았다. 두 사람을 포함해 몇 명은 이미 식전주를 마시기 시작했지만 이쿠자와가 선창을 하고 건배했다. 슬란지바, 게일어로 건강을 위해 건배한다는 뜻인 것 같았다.

코구마는 참석한 사람들과 잔을 부딪치고 마지막으로 옆에 앉은 사쿠라이와 가볍게 잔을 맞댔다. 옅은 붉은색 카시스 소다 너머로 사쿠라이의 녹색 눈동자를 보며 잔을 비웠다.

더 마시고 싶으면 뒤쪽 사물함에 줄지어 있는 병에서 직접 따라오는 셀프 방식인 듯했으므로 사쿠라이의 잔을 들고 자리에서 일어났다. 사쿠라이에게 맡겨두면 신부님이 가져온 됫병 사이즈의 잭다니엘을 더블로 따라올 것만 같아서, 사물함 위에 놓인 카시스주를 잔에 숙면주 정도로만 따르고 자기 잔에는 아주 소량만 따른 뒤 소다 사이폰에서 탄산수를 따랐다.

자리로 돌아오자 이미 사쿠라이는 일용할 양식에 감사 기도를 하는 식전 의식을 일찌감치 마쳤는지 프라임 갈비라는 두툼한 갈비 로스트비프를 먹는 중이었다.

코구마도 뒤로 빼면 학교 급식이나 도시락 시간이 떠오르는 소리를 내는 의자에 앉아 저녁을 먹었다. 먼저 크레송과 스틸턴치즈 샐러드로 속을 달래고 적어도 500그램은 되어 보이는 프라임립을 먹었다.

질겨서 이와 턱은 물론 자르는 나이프에도 부담을 주는 갈빗살은 먹어 보니 매우 맛있었다.

소고기를 부드러움과 지방의 양으로 맛을 평가하는 사람이 먹으면 그저 오버쿡한 단단하고 퍽퍽한 고기라고만 평가할 것 같은 로스트비프는 코구마가 지방보다 중시하는 육즙이 씹을 때마다 입안에 넘쳐흘렀다.

틀림없이 이 육즙을 잡맛 없이 순수하게 맛보기 위해 지방과 수분을 날리는 조리 방식을 선택한 것이리라. 표면 또한 눌어붙은 육즙이 말로는 표현할 수 없는 향기를 낼 정도로 구워져 있었다. 이것을 오버쿡이라고 평가한다면 그 사람은 어지간히 먹을 줄 모르는 사람일 터다.

고기는 소금과 후추로 충분한 밑간이 되어 있는 데다 홀스래디시 향미가 배어 있어 포크가 멈추지 않았다. 이 질긴 고기를 이와 턱에 한계가 올 때까지 먹고 싶었다. 위는 살아가는 힘의 덩어리 같은 이 고깃덩이를 전부 먹어도 충족될 기미가 보이지 않았다.

사쿠라이도 중간 중간 이웃 목장에서 만든 지 얼마 안 됐다는 버터를 올린 감자를 입에 넣으며 묵묵히 먹었다. 다른 동석자들은 아주 얇게 잘라 술안주로 먹는 사람도 있고 어디서 가지고 왔는지 간장과 밥을 곁들여 먹는 사람 등 다양했다.

이쿠자와의 영국 취향은 솔직히 지긋지긋할 때도 있었지만 식사만큼은 달랐다. 코구마는 영국 음식이 맛없다는 사람도 봤지만 그 사람은 틀림없이 영국, 혹은 교토 쪽에서 필수라는 맛있는 음식에 다다르는 협상력과 신분적 뒷배, 무엇보다 이 사람을 미식으로 환대하고 싶게 만드는 매력이 부족했을 것이다. 적당히 끼니만 때우게 해주면 된다는 생각이 드는 사람에게는 적당한 끼니밖에 나오지 않는 게 당연하다.

혹은 그 이전에 영국에 가본 적조차 없는 말할 가치도 없는 사람들이다.

식사 자리에서는 도쿄에 사는 여대생이면서 퀵서비스 일로 생계를 꾸려나가는 열여덟 살 소녀 코구마와 이곳에서 태어나 지금은 키요사토의 수녀와 퀵서비스 라이더 일을 같이 하는 사쿠라이에게 이런저런 질문이 쏟아졌다. 그에 맞춰 반대로 이곳의 삶이나 여기 오기 전에 어떤 일을 했는지 등 이것저것 물어보기도 했다. 고작 몇 방울 떨어뜨린 카시스에도 기분 좋게 취한 느낌이 들어 수다를 떠는 시간이 즐거웠다.

만족스러운 식사 시간이었다. 여기 온 목적은 퀵서비스 업무지만 지금이라면 유전 화재 진압용 니트로글리세린만 아니면 뭐든지 배달해주고 싶은 기분이었다.

코구마와 사쿠라이가 고기를 다 먹고 나서 이 학교에서 구웠다는 바게트빵으로 접시에 남은 육즙을 닦아 남김없이 먹자 이쿠자와가 디저트를 내왔다.

식후의 달콤한 디저트는 호사스럽게 반으로 자른 차가운 멜론이었다. 그물눈이 없는 매끈한 껍질에 단호박처럼 색깔이 진했다. 끝이 들쑥날쑥한 톱날 같은 자몽스푼으로 한 입 떠서 먹어보았다. 믿을 수 없을 만큼 달콤하고 향기로웠다.

코구마는 멜론을 먹는 자신들을 마을 사람들이 눈여겨보는 것을 깨달았다. 자신이 달콤한 과일을 먹고 어지간히 얼빠진 표정을 지었나 보다. 예를 들어 바로 옆에서 금방이라도 녹아내릴 것 같은 칠칠치 못한 얼굴인 사쿠라이처럼 말이다. 고개를 들고 눈짓으로 이쿠자와에게 묻자 이쿠자와가 말했다.

"코구마, 멜론 맛있어?"

코구마는 냅킨을 입에 대고 대답했다.

"지금까지 먹어본 멜론 중에서 가장 맛있어요. 거래처에서 먹어본 시즈오카의 최고 등급 멜론을 포함해서요."

사쿠라이도 스푼을 내려놓고 이쿠자와를 보았다. 돈 냄새, 비즈니스가 시작되는 분위기를 감지한 사쿠라이는 약고 빈틈없어 보이는, 간사한 꾀가 드러나는 표정이었다. 살아가는 의지 그 자체 같은 느낌이라, 코구마는 그런 얼굴을 하는 여자가 싫지 않았다.

"코구마와 사쿠라이가 배달해줄 게 이 멜론이야. 일본에서 처음으로 이 땅에서 재배에 성공한 캔털루프 멜론이지."

코구마는 자신이 먹던 멜론을 한 번 더 보았다. 어쩌면 이것은 흘리면 폭발하는 니트로글리세린보다 까다로울지도 모른다.

(14) 전용 케이스

이쿠자와는 하이랜드 스카치의 고급 브랜드 글렌모렌지의 취기가 도는데도 개의치 않고 뿌듯해하며 자랑했다.

미국에서는 서민적인 식당에서도 두루 먹는 캔털루프 멜론은 지금까지 일본에서는 건과일이나 가공 과자로만 먹을 수 있었다고 한다.

그 이유는 멜론을 수확해서 먹기 딱 적당해질 때까지의 후숙 기간이 24시간 정도밖에 되지 않는 특수한 멜론이기 때문이다.

세상에는 그처럼 현지에서만 먹을 수 있는 로컬 멜론이 많지만 시애틀 자본의 고급커피 체인점의 과일 플레이버로 채택되어 인기를 구가한 적도 있기 때문에, 과일 디저트를 좋아하는 사람들이나 그 중개인이 주목하면서 이 캔털루프 멜론에 지금까지 없던 사업 기회가 찾아왔다고 한다.

앞에서 설명한 이유로 항공편이든 선편이든 일본에서 입수 가능한 것은 과자 재료용 과즙이나 건과일 같은 가공품뿐이었다. 하지만 만약 일본에서 신선한 캔털루프 멜론을 공급할 수 있다면 브랜드 가치는 일본 내의 모든 멜론을 웃돌 것이라고, 실제로 시식하러 온 대형 과일카페 구매 담당자가 장담했었다.

이미 홋카이도를 중심으로 몇몇 멜론 생산업자가 일본 내에서 재배하려고 시도했지만 기후나 토양 차이로 실패했다. 그리고 유일하게 끝까지 달라붙어 결실을 맺은 곳이 홋카이도와는 다른 화산재 토양에 겨울이면 극지대처럼 저온으로 떨어지는 이 쿠로히메산이었다.

원래 캔털루프는 미국에서 저렴하게 공급되는 멜론으로 병충해에도 강해서 고급 멜론처럼 끊임없이 손이 가지도 않고 대규모 설비 투자도 필요 없다. 그렇기에 저비용으로 안정적인 공급이 가능하다. 단지 이 쿠로히메의 기후와 흙만 있으면 된다.

이야기를 조용히 듣던 사쿠라이가 스마트폰을 보았다. 들을 마음이 없는 건가 싶었는데 사쿠라이는 어떤 화면을 띄웠다. 북미 대형 회원제 마트의 쇼핑 화면이었다. 마치다 북부인 코구마네 집 근처에도 거대한 매장이 있지만 연간회원비가 비싸 들어가 본 적은 없다.

"캔털루프라면 몇 년 전부터 팔아요. 보세요, 남미산 멜론 수입 규제가 풀려서 손질된 생과일을 인터넷으로 팔고 있어요."

화면을 슬쩍 본 이쿠자와는 교사 특유의 차근차근 가르치는 말투로 대답했다.

"그건 개량종이야. 일본에서 상품가치를 올리기 위해 껍질이 그물 모양이 되도록 재배하고 다른 종과 교배해 후숙 기간도 늘렸어. 우리가 재배하는 건 원종이고. 당도도 향기도 비교가 안 돼."

사쿠라이가 가볍게 손을 들어 이야기를 중단시켜 미안하다고 사과했다. 희고 긴 손가락과 옅은 핑크색 네일을 한 아름다운 손을 상대방에게로 향하며 이야기를 계속 하라고 재촉하자 말하고 싶어서 근질근질해 보이는 이쿠자와가 다시 설명을 이어갔다.

이쿠자와의 말에 따르면, 만약 도쿄의 고급 과일카페에서 예정되어 있는 이번 프레젠테이션에서 좋은 평가를 받으면 캔털루프는 이 마을뿐 아니라 쿠로히메산 주변에 점점이 자리한 마을 전체의 경제 상황을 대폭적으로 개선하는 상품이 될 수 있다.

지금까지 부유층 중심인 이주자들에게 걷는 세수와 지자체의 개발지원금으로 꾸려온 마을도 언제까지나 주민의 고수입 고액납세를 유지할 수 있을지 장담할 수 없다. 다른 지방 마을보다 주민층은 젊지만 속도가 느리다고 해도 착실하게 고령화가 진행되고 있다.

바로 얼마 전까지 노인밖에 없는 다른 지자체를 비웃던 사람이 어느새 아무것도 하지 않는 일상에 익숙해지고 외부인을 싫어하는 전기 고령자가 될 정도로는 말이다.

그러한 악순환을 끊기 위한 산업 창출을 각 마을마다 검토했고, 이 마을에서는 일본의 어떤 지역과도 다른 이 지역의 기후로만 키울 수 있는 멜론을 선택했다. 아직은 폐해가 많은 태양광발전 사업자에게 땅을 잘라 팔거나 산사태나 수원 오염 리스크를 감수하는 것보다는 훨씬 낫다고 보았다.

이런 사정으로 꼬박 하루면 상품으로서의 가치를 잃는 가련한 꽃 같은 이 멜론을 긴자에 있는 과일카페 본점에서 점심시간에 진행하는 프레젠테이션에 맞춰 보내기 위해 퀵서비스 바이크의 스피드가 필요했다.

상품화에 성공하면 대형 운송회사에서 전용 차량을 운행한다고 하는데, 고지대까지 산길을 올라와 고급과일을 싣고 도쿄까지 직행하거나 신칸센을 타는 두 가지 운송을 하는 데에 필요한 SUV 기반의 고급식자재 전용 차량은 나가노 현내의 운송회사에도 몇 대밖에 없는 데다 대절하면 거액의 돈이 든다.

두 사람에게 바이크 운송을 의뢰한 것은 그 비용을 어떻게든 지자체 예산 안에 맞추기 위함이었다. 그러나 거리에 따른 보수비와 벽지이거나 고액 상품 등에 추가요금이 붙는 퀵서비스이기 때문에 코구마와 사쿠라이에게는 일주일 내내 일해도 벌 수 있을지 어떨지 모를 운송비를 제시했다. 또한 나중에 프레젠테이션이 성공하면 그에 따른 성공 보수도 약속되어 있다.

이쿠자와의 장광설을 들은 코구마는 딱 한 가지를 요구했다.

"상품 포장을 직접 확인하고 싶어요."

이미 코구마도 평소라면 잠자리에 들었을 시간이었기 때문에, 옆에 있던 사쿠라이는 벌써 꾸벅꾸벅 졸면서 이따금 코구마의 어깨에 뺨을 대고 한숨을 내쉬었지만 이것만큼은 다음날 아침 출발 직전에 확인해도 되는 문제가 아니다.

코구마도 고급과일 급송은 전에 해봤다. 시즈오카 고급 멜론을 도쿄에 있는 TV 방송 녹화 현장에 배달하는 일이었다. 예능인이 고급멜론을 주먹으로 깨는 기획에 필요했기 때문이었는데, 두 조각이 난 멜론은 스태프와 현역 여고생 퀵서비스 라이더라는 이유로 꼭 취재하고 촬영하고 싶다는 직원이 부탁해 코구마가 맛있게 먹고 몇 커트지만 출연까지 하게 되었다.

현내에 큰 재배 시설을 갖추고 밭이라기보다 공장에 가까운 환경에서 재배한 고급 멜론이기 때문에, 과일업자가 준비한 것은 내충격성과 보온성을 겸비한 뭔가 하이테크 같은 FRP 전용 박스였다. 코구마가 관심 있게 내부 구조를 이것저것 물어보니 멜론 농가 이미지와는 조금 맞지 않는 짙은 색 정장 차림의 직원이 '기업비밀'이라고만 하고 알려주지 않았다.

코구마의 말을 들은 이쿠자와는 고개를 끄덕이고 옆에 있는 실습실로 사라졌다가 곧이어 귤 상자 정도 크기의 두랄루민 케이스를 자랑스럽게 가지고 나왔다.

버클을 찰칵 열고 뚜껑을 열었다. 코구마는 옆에서 상자 내용물을 들여다본 순간 웃음이 터졌다.

고급 과일을 다루는 기업의 전용 박스 같은 기자재를 이 마을에 기대하지는 않았다. 고작해야 스티로폼 케이스에 빽빽이 완충재와 보냉제가 들어 있는 정도일 줄 알았다.

월석을 이 지구까지 가져오는 데 사용되었고 현재는 미국 대통령이 핵미사일을 발사하는 특수한 통신 유닛을 넣어 항시 가지고 다닌다는 제로할리버튼 두랄루민 케이스 안에 들어 있는 것은 코구마가 아는 한 가장 비싼 물건을 운반하는 용기였다.

새하얗고 상부에 60년대 혼다 F1을 연상시키는 일장기 페인팅이 된 조금 낡은 구형 케이스.

모터스포츠용 풀페이스 헬멧이었다.

바이크를 탈 때 머리를 보호하는 도구로 바이크 라이더 사이에서 '헬멧 가격은 보호하는 내용물의 가격'이라고 하듯, 몇 개 있는 헬멧은 모두 4륜 경기용이면서 심슨의 최고 등급이었다.

코구마와 사쿠라이가 자신의 목숨을 담는 그릇이다.

(15) 침실

코구마는 멜론 수확 케이스로 사용하는 헬멧을 들었다. 바이크를 타는 사람이라면 누구나 가지고 있고 수시로 들어서 손에 익숙한 무게와 감촉이었다.

코구마는 바이크용 헬멧이 보호구로서 얼마나 우수한지는 몸으로 깨달았다. 헬멧에 사용되는 쉘이라고 하는 FRP로 만들어진 외장은 사용자의 목숨과 직결되므로 제품 개량과 품질 유지에 힘쓴다. 형태 또한 헬멧을 착용하고 사고를 당했을 때 인간의 두개골과 같은 둥근 형태의 장점을 살려 충격을 피하고 완화, 확산시키기 위한 연구를 거듭하고 있다.

그런 만큼 코구마는 헬멧의 또 다른 면도 알고 있다.

"헬멧은 냄새가 꽤나 고약한데요."

사람 피부에 비교하면 청결하다고 하기 힘든 머리카락, 의외로 신진대사가 활발한 두피. 여름에 퀵서비스 일을 하느라 꼬박 하루를 달리면 헬멧 안이 땀으로 축축해진다.

코구마의 헬멧은 다행히 안쪽을 떼어 세탁할 수 있는 타입이라 인터넷으로 예비 내장을 사서 수시로 빨아서 교체하며 쓴다. 고등학교 때 같은 반인 시이가 곧잘 코구마의 헬멧에 얼굴을 박고 숨을 크게 들이마시며 "냄새가 안 나" 하고 아쉬운 표정을 짓던 것이 떠올랐다. 이어서 장기 투어링에서 막 돌아온 레이코의 헬멧 냄새를 맡은 시이는 눈을 뱅뱅 돌리며 쓰러졌다.

그뿐만 아니라 헬멧 자체의 냄새도 있다. 공장에서 제조한 뒤부터 외장과 내장재의 수지는 계속 휘발하고, 휘발이 끝나 경화, 열화가 시작되는 제조 후 3년에서 5년이 헬멧의 수명이라고 본다.

머리 냄새는 직접 맡을 수 없으므로 코구마는 냄새가 난다는 실감이 없지만 멜론에는 치명적일 것이다.

자신의 말을 증명하기 위해 옆에 있는 사쿠라이의 어깨를 잡고 끌어당겨 머리를 와락 움켜잡고 코로 숨을 들이마셨다. 사쿠라이가 "꺅!" 하고 소녀 같은 소리를 지르는 모습도, 작게 "바보"라고 하며 하얀 피부를 붉게 물들이고 코구마가 냄새 맡은 머리를 몇 번이고 쓰다듬는 동작도 전혀 어울리지 않았다.

역시 향기가 중요한 의미를 가지는 멜론에 소녀의 머리카락 냄새를 부가가치로 추가하기에는 무리가 있다.

이쿠자와는 헬멧을 들었다. 밑부분과 실드가 있는 개구부는 부직포로 덮여 있었다. 은은하게 멜론 향기가 나는 것으로 보아 내부는 미봉 상태가 아니라 커피나 와인처럼 품질 유지에 필요한 최소한의 공기가 통과하는 상태인 듯했다.

이쿠자와가 아래쪽 부직포를 뜯었다. 사방에 짙은 멜론 향기가 퍼졌다. 사람 머리 대신 헬멧 안에 자리 잡은 멜론을 조심스럽게 꺼내 보여주자 헬멧 내부는 완전히 다른 소재로 교체되어 있었다.

헬멧에는 옅은 갈색 완충재가 들어 있었는데, 이쿠자와의 설명에 따르면 수수 껍질 계열의 재료를 사용해 수지처럼 휘발물이 발생하지 않는다고 한다. 그 안에는 바이크용 헤드쿨러가 들어 있다. 내용물을 정온으로 유지하면서 간신히 하루 정도 버티는 작은 리튬 배터리는 발열이 멜론이나 내장재에 전달되지 않도록 풀페이스 헬멧 턱 부분에 설치되어 있고 단열재로 가려져 있었다.

헬멧 자체도 이쿠자와가 재규어로——이쿠자와는 영국식으로 발음했다——로 출전한 아마추어 자동차 경주에서 사용한 물건이라 이미 수지 휘발 시기는 끝났다고 한다.

헬멧 밑 부분에는 액정화면이 달려 있다. 멜론 수확 시간과 온도, 출하 전에 측정한 당도가 표시되어 있었다.

아무래도 멜론 재배와 상품화에 범상치 않은 열의를 불태우는 이 마을 주민은 코구마가 예상하는 정도의 문제는 이미 대책이 다 있는 듯했다. 그리고 그 마지막 공정을 담당하는 것이 코구마와 사쿠라이의 라이딩 테크닉이다.

헬멧에서 꺼낸 멜론도 사쿠라이와 함께 먹었다. 절반은 멜론에 생햄을 곁들여 먹었다. 이것도 본래는 머스크멜론이 아니라 이 캔털루프 같은 허니듀 계열 멜론을 사용하는 것이 이탈리아 정통 방식인 듯했다. 곁들인 생햄도 이 마을 근처에 있는 별장지의 동굴에서 숙성한 것으로 이쪽은 이미 상품화가 되어 도쿄 백화점에서 제법 비싸게 팔린다.

그러므로 햄뿐 아니라 멜론 공급에도 성공하면 하나의 완성된 고수익 상품이 된다.

남은 절반의 멜론에 이 쿠로히메 지역의 증류소에서 만들었다는 사과 브랜디를 뿌려 먹자 졸음이 몰려왔다. 그러자 이쿠자와가 오늘 밤 묵을 곳으로 안내해 주었다.

이 마을에는 현재 숙박시설이 없다고 한다. 몇 달 전까지는 어린이 소설에 나오는 모험가 숙소를 생각하며 만들었다는 유럽식 펍과 겸업하는 여관이 있었다고 하는데, 상황에 현실감을 입히려고 어딘가의 드래곤이 서비스해 주었는지 낙뢰로 반쯤 타서 지금은 영업 정지 상태라고 한다.

코구마와 사쿠라이가 안내 받은 곳은 청결하고 침대가 있는 곳이었다. 이곳이 학교였을 무렵에 보건실로 사용되던 방이다.

실내는 한눈에 봐도 이쿠자와의 취향대로 꾸며졌음을 알 수 있는 배치였다. 약 선반이나 스테인리스 겸자와 설압자가 통에 꽂혀 있는 보건 선생님의 책상도, 충치 예방 포스터도 없지만 벽에 깊이 스민 소독약 냄새는 아직 남아 있는 느낌이었다.

방 안에는 커튼으로 나뉜 침대가 두 개 있었다. 코구마와 사쿠라이 둘 다 학생이었던 시절에 상처를 소독할 때 외에는 보건실과 인연이 없다 보니 보건실 침대에 누워본 기억이 없지만, 바로 얼마 전까지 코구마와 사쿠라이는 바이크 사고로 입원해 이것과 아주 비슷한 병원 침대에서 매일 자고 일어나는 생활을 했다.

그리운 것 같기도 하고 절대로 사양하고 싶기도 한 복잡한 감정을 고려할 여유는 없었다. 코구마는 지금 당장 침대에 누우려고 하는 사쿠라이를 잡아끌듯이 교사 안을 가로질러 동아리 활동을 하는 학생들이 사용했다는, 그런 것치고는 너무 호사스러운 히노키 욕실에서 목욕했다. 그리고 사쿠라이의 벌꿀 같은 긴 금발머리를 말려준 뒤 이쿠자와가 준비해준 면 나이트가운을 입고 침대에 누웠다.

스마트폰으로 메일을 체크하고 내일 기상 시간에 맞춰 알람을 설정하며 간신히 생활의 의무를 마치자 코구마는 힘이 쭉 빠져나가는 것 같았다. 스마트폰을 던지고 이상하게 요염한 사쿠라이의 숨소리를 들으며 잠이 들었다.

(16) 성녀

아직 날이 밝기도 전에 잠에서 깼다.

보건실에서 하룻밤을 자는 드문 경험을 하고 침대에서 나온 코구마는 새카만 복도로 나왔다.

사쿠라이는 이미 일어나 있었다. 입원해서 공동생활을 하던 기억 속에서도 아침에는 이상하게 일찍 일어났었다.

사쿠라이가 아직 캄캄한 창문을 향해 아주 간략화한 아침 예배를 올렸으므로, 코구마는 수건과 양치 도구를 들고 욕실로 향했고 사쿠라이가 뒤에서 들러붙었다.

밤에 교사의 새카만 복도를 혼자 걷기가 무서운 모양이었다. 성직자가 그러면 어쩌나 싶었지만 아마 뭔가 이상한 호러 영화라도 보고 영향을 받았을 것이다.

코구마는 아직 사람들의 분위기가 남아 있는 낮의 학교보다 맑고 차가운 공기에 감싸인 밤의 학교가 더 좋았다.

틀림없이 학교라는 장소는 하루 종일 끊임없이 오가는 사람들로 쌓인 일상 활동의 냄새를 밤 동안 정화하고 다음날 아침이면 또 새로운 공기로 학생들을 맞이한다.

사쿠라이와 교대로 분위기도 좋고 나무 향기도 편안한 히노키로 된 샤워룸을 쓰고 이를 닦고 보건실로 돌아왔을 때 이쿠자와가 아침 준비가 되었다고 부르러 왔다.

이쿠자와가 숙직실 다이닝 테이블에 차려준 것은 역시나 영국식 조식이었다.

반숙 달걀 두 개와 두툼한 베이컨, 통조림은 아닌 듯한 토마토소스에 조린 콩, 은으로 만든 토스트 스탠드에 세워 놓은 삼각형으로 자른 토스트, 집에서 직접 만든 마멀레이드와 버터, 처음 보는 청어 훈제.

코구마도 사쿠라이도 식욕이 떨어질 정도로 긴장하지는 않았다. 두 사람은 맛있고 풍성하게 차려진 조식을 즐긴 뒤 영국 홍차와 어제 먹고 남은 멜론을 먹고 자리에서 일어났다.

"코구마, 아직 출발하기에는 일러."

코구마는 예상보다 맛있었던 아침 식사에 대해 인사하고 이쿠자와에게 대답했다.

"출발하기 전에 한 번 더 바이크를 점검하려고요. 그리고 짐을 적재하는 건 제 손으로 하고 싶어요."

사쿠라이는 벌써 그물 조끼에 들어 있는 장비를 재확인하고 있었다. 오래 입은 탓에 그녀의 체형에 맞게 변형된 밴슨 가죽재킷을 입었다. 사쿠라이의 녹색 눈동자가 정밀하게 세공된 에메랄드처럼 한층 빛났다. 그녀는 바이크를 타기 전에 언제나 그런 눈빛을 보였다.

옥외등을 밝힌 분교 처마 밑에서 기본적으로 견고한 구조라 문제가 발생하기 어려운 퓨전의 기본적인 부분을 체크했다. 타이어, 오일, 브레이크와 등화기, 박스 고정, 그리고 그러한 곳에 이상이 발생했을 때 필요한 펑크 수리 키트와 보수 부품, 케이블타이와 테이프, 차량용 공구.

순정이 아닌 에프터마켓 부품을 곳곳에 조립한 고출력 개조 바이크라 코구마의 퓨전보다 조금 단계가 많은 흰 퓨전을 점검하는 사쿠라이에게 물었다.

"물어보는 걸 깜빡했는데 왜 이 일을 수락했어? 요즘 수녀는 그렇게 먹고살기 힘들어?"

사쿠라이는 작업하던 손을 멈추지 않고 대답했다.

"이 주변의 지리를 잘 아는 사람으로 내가 뽑혔고 우키야 언니한테 직접 의뢰를 받았어. 그리고 지금은 돈이 필요하고."

키요사토의 성당에서 상당한 급여를 받는 사쿠라이가 자신처럼 거액의 빚을 떠안고 있다는 말은 못 들었다. 이상한 남자에게 돈을 퍼붓고 있다는 이야기도 없었다. 그렇기 때문에 코구마는 문득 이런 느낌이 들었다.

"NSR을 수리할 거야?"

사쿠라이는 얼굴을 살짝 붉히며 끄덕였다.

"사고 보상금으로 부품은 대부분 다 샀어. 하지만 그걸로는 부족해. 본격적으로 수리하려면 돈이 훅 날아가니까. 사고 전부터 상태가 안 좋았던 부분까지 다 고치고 싶거든."

코구마는 자신의 커브와 대학 동기 하루메의 커브를 수리했을 때를 떠올렸다. 망가진 부품을 갖추는 것뿐이라면 스마트폰과 인터넷 사이트와 신용카드만 있으면 집에서 뒹굴거리면서도 할 수 있지만, 실제로 조립하거나 주행 조정을 하고 수리업자에게 의뢰해야 하는 대규모 작업에는 그만한 기력과 행동이 필요하고 당연히 돈도 든다.

아무래도 사쿠라이는 NSR 수리라는 작업에서 자면서도 할 수 있는 단계를 지나 몸을 일으켜야 하는 단계로 나아가려는 중인 듯했다.

코구마는 병원에서 있었던 일을 떠올렸다. 그때는 사고로 망가진 바이크를 입으로는 고칠 거라고 노래를 부르면서도 아무것도 하지 않는 사쿠라이에게 부아가 치밀어 병원 비상계단에서 밀어버리려고 했다. 그런 일까지 당하고 나서야 사쿠라이는 겨우 본심을 털어놓았다. 코구마는 사고로 생긴 바이크에 대한 공포를 털어놓은 사쿠라이를 위해 톱니바퀴 트라우마를 가진 그녀도 탈 수 있는 퓨전을 찾으러 분주히 뛰어다녔다.

"내 잘못인가?"

코구마는 자신이 한 일이 절대로 잘못은 아니지만 뭔가 쓸데없는 짓을 했다는 생각이 들었다.

"이게 다 코구마 때문이야. 나는 그때 한 번 죽었다가 다시 태어났어. 사람은 그렇게 되면 괜한 짓을 저지른다고 성서에도 나와 있잖아."

"퓨전은 이제 싫어졌어?"

조금 토라진 목소리가 나온 게 스스로도 의외였다. 퓨전이 아니라 그것을 타게 한 자신을 무시하는 기분이었다.

우키야가 흰 까마귀라고 이름붙인 개조 퓨전은 대형 스쿠터의 영역을 뛰어넘는 가속과 코너링 성능을 보이는 데다 의외로 일상적인 볼일을 볼 때도 타기 쉽다. 또한 유지비용이 저렴해서 NSR에 뒤지는 바이크라고는 생각되지 않았다. 사고로 두 다리가 골절된 사쿠라이가 새로 타는 바이크로는 가장 좋은 선택이라고 판단했다.

"흰 까마귀는 좋은 바이크야. 멋있고 어디든 갈 수 있고 일할 때도 쓸 수 있어. 아주 마음에 들고 앞으로도 계속 타고 싶어. 하지만 나한테는 NSR이야. 좋아한다든가 그런 게 아니라 언젠가 내 목숨이 끝날 때 이걸 타고 삼도천을 건너겠다고 맹세한 건 NSR뿐이야."

코구마는 어쩐지 언변이 좋은 녀석에게 설득을 당한 기분이 들었다.

점검을 마치고 일어난 코구마는 사쿠라이의 옆에서 책상다리로 앉아 작업을 도왔다.

"바이크 두 대를 혼자 사랑하다니 너는 구제할 길 없는 바람둥이야."

사쿠라이는 코구마의 가슴을 직접 건드리며 심장에 장난치는 듯한 미소를 지으며 말했다.

"그래서 내가 신의 사자인 거야."

쿠로히메의 한없이 투명한 밤하늘이 하얗게 밝아오고 이윽고 아침 해가 사쿠라이를 금빛으로 비추었다.

(17) 크루징

바이크 준비가 끝난 코구마와 사쿠라이는 헬멧을 활용한 보호 케이스에 멜론을 포장하는 작업을 했다. 짐을 풀 때 주의할 점을 농장 책임자에게 확인했다.

코구마와 사쿠라이는 겉으로 보기에는 한 대당 헬멧 두 개를 두 대의 퓨전에 똑같이 달려 있는 FRP 리어박스에 담았다. 물론 적재 작업을 다른 사람에게 맡기지는 않는다.

표면은 사용 흔적이 많은 퀵서비스 업무용 박스지만 이 일을 위해 내부를 세정하고 멸균했고, 평소에는 박스 안에 상비하는 공구와 긴급 대응 도구, 고무줄이나 걸레 등도 퓨전 리어 트렁크로 옮겼다.

퓨전 특유의 이 넓지만 헬멧을 넣을 정도의 깊이는 없는 수납공간은 예비 수납, 그중에서도 가능하면 낮은 위치에 싣고 싶은 중량물 적재 공간으로 종종 도움이 되었다. 특히 이번처럼 리어박스에는 의뢰 받은 물품 이외에 아무것도 싣고 싶지 않을 때처럼 말이다.

농장 포장 책임자는 케이스에 수납된 멜론에 대해 박스 안에서 튕기거나 굴러 부딪쳐도 안에 있는 멜론은 상하지 않는다고 장담했지만 코구마는 자신의 판단으로 완충재를 넣기로 했다.

멜론이 박스 안에서 마구 굴러다녀도 무사하다고 한들 상당한 중량이 나가는 헬멧 두 개가 끊임없이 중심이동을 하고 차체에 래칫벨트로 결합된 박스에 충격을 주면 바이크를 탄 사람이 위험해진다.

그러다가 넘어지기라도 하면 의뢰 받은 물품도 자신의 목숨도 잃게 된다. 그런 사태를 피하기 위해 코구마와 사쿠라이가 두 대 체재로 일을 맡아 멜론 두 개가 필요한 프레젠테이션에 한 대당 두 개씩 총 네 개의 멜론을 실었지만 그렇게 해서 위험 부담이 2분의 1로 줄어들었다고 해도 완전히 사라지지는 않는다.

결국은 자신의 판단과 신중한 행동, 그리고 행운을 강하게 끌어당기는 힘이 없으면 불행한 사태를 피할 수 없다.

분교 보건실로 돌아온 코구마와 사쿠라이는 어제 저녁에 사용한 리넨 침대 시트를 벗겨 헬멧을 감싸듯이 박스를 채웠다.

이 마을에서 구할 수 있는 물건이라면 새로 뜯은 손님용 침대 시트도 있었지만 새 침구에는 특유의 세제 냄새와 포장 패키지의 수지 같은 잔향이 희미하게 남아 있다. 냄새에 민감한 물건이라 해도 자신과 사쿠라이의 머리카락과 살 냄새라면 다른 냄새보다는 조금 나을 것이다.

코구마와 사쿠라이는 퓨전 엔진 시동을 걸고 헬멧과 쓰고 장갑을 꼈다. 서로를 바라보고 발끝부터 머리 꼭대기까지 착용한 라이딩 기어에 이상이 없는지 확인했다.

어느 틈에 등 뒤에 마을의 멜론 재배 관계자가 모여 있었다. 이쿠자와가 코구마와 사쿠라이의 어깨를 끌어안고 교사 특유의 명료한 목소리로 말했다.

"제발 조심해. 너는 이 마을의 구세주야. 네가 사라지면 네가 지킨 이 사람들의 생활도 절망과 함께 사라질 거야."

출발 전이라 사람보다 길과 바이크를 상대로 말하는 정신 상태로 바뀌어 있던 코구마는 최소한의 말로 대답했다.

"필요한 일은 다 했어요. 이제 결과를 기대하세요."

코구마보다 조금 더 사람을 잘 대하는 사쿠라이도 대답했다.

"저희는 항상 신과 함께해요. 여러분께도 축복이 깃들기를 기도할게요."

사쿠라이는 이런 때에도 자신의 성당 영업 활동에 여념이 없다.

코구마와 사쿠라이는 퓨전에 앉아 서로 시선을 주고받은 뒤 마을에서 출발했다.

마을과 산기슭에 있는 쿠로히메역을 잇는 현도는 왔을 때와 마찬가지로 쾌적한 주행 환경이었다.

이 지역의 지리를 잘 아는 사쿠라이가 선행했다. 옛날에는 자전거로, 나중에 코구마에게 말하기엔 좀 꺼려지는 나이부터는 바이크로 수도 없이 왕복한 사쿠라이는 물이 솟아서 도로가 젖어 있는 곳이나 포장이 울퉁불퉁한 곳을 요령 좋게 피하며 짙은 녹음 터널을 달려 내려갔다.

노면은 말라 있고 서리로 인한 표면 동결도 없었다. 처음에 코구마는 동트기 전에 출발하자고 주장했지만 사쿠라이의 조언대로 해가 뜬 뒤에 출발하는 게 맞았던 것 같다.

쿠로히메역까지 내려온 코구마와 사쿠라이는 가까운 시나노마치 나들목에서 조신에츠자동차도를 타고 그대로 연결되는 추부오단도로를 경유해 추오자동차도로 들어섰다. 고속 크루징 성능이 매우 양호한 퓨전의 헬멧에 부착한 인컴으로 사쿠라이와 키요사토 주변에서 날리기 좋은 곳에 대해 잡담하는 사이에 수도고속도로 4호선으로 접어들었다. 지도상의 거리는 칸에츠자동차도로 돌아가는 게 유리했지만 많이 달려서 익숙한 길이 위험요소나 스트레스가 낮다는 판단이 들어 추오자동차도를 탔다.

수도고속도로 4호선으로 접어들었을 즈음에 출근 정체 시간이 되었지만 약간 혼잡한 정도여서 순항 속도에는 영향이 없었다. 미야케자카에서 토신칸죠선에 들어섰을 무렵에는 통행 차량 숫자도 점점 줄어들었다.

칸죠선을 달리는 중에 홀더에 끼워둔 스마트폰에서 긴자와 가장 가까운 신토미초 나들목에서 발생한 사고로 긴급 폐쇄한다는 알림이 왔다. 하지만 처음부터 예정한 대로 근처의 카스미가세키 나들목으로 들어가 관청가를 지나 긴자 거리로 접어들었다.

내비게이션을 따라 물품을 배달할 고급 과일카페 반입구에 퓨전을 댔다.

시간은 프레젠테이션이 이루어지는 점심시간까지 충분히 여유가 있는, 이쿠자와 식으로 말하면 오전 티타임 시간이었다.

아무 일도 없이, 아무런 트러블도 일어나지 않고 아주 쾌적하게 일이 끝났다.

그렇게 되도록 계획하고 준비하고 올바른 일을 확실하게 실행해서 나온 당연한 결과다.

(18) 함정

이미 퀵서비스 일을 하면서 몇 번 경험했고 때로는 전해 듣기도 했지만, 일이 큰 실수 없이 무탈하게 다 끝났다고 안도할 무렵에 사람의 행복 추구를 위한 활동을 무사히 끝내지 못하게 하려는 심술궂은 악마가 만반의 준비를 하고 기다리는 경우가 곧잘 있다.

코구마와 사쿠라이는 프레젠테이션이 예정된 과일카페 본사 빌딩에 퓨전을 세우고 대기하던 회사 구매 담당자라는 정장 차림의 남성에게 멜론이 든 전용 케이스를 건넸다.

남은 건 코구마의 태블릿에 표시된 수령 확인서에 사인을 받고 의뢰인인 이쿠자와에게 보내면 코구마의 일은 끝난다. 그리고 바로 돌아간다. 업무를 위해 빌린 퓨전은 며칠 더 타다 나중에 돌려주러 오면 된다고 했다.

일이 끝나면 무얼 할까. 일단 평소 코구마와는 인연이 없던 고급 과일카페에서 사쿠라이와 함께 주력상품이라는 파르페라도 먹을까 생각하고 있는데, 과일카페 자사 빌딩 위층에서 정장 차림의 여성이 달려 내려왔다.

이번 프레젠테이션에서 과일카페 측 담당자라는 정장 차림의 여성은 성실하게 명함부터 교환했다. 그리고 이어서 코구마와 사쿠라이에게 현재 발생한 예기치 못한 사태를 알렸다.

프레젠테이션을 하기로 예정되어 있는 쿠로히메 마을의 멜론 농장 관계자가 없었던 것이다.

어떻게 된 일이냐고 코구마가 묻자 두 사람보다 먼저 신칸센으로 와 있던 담당자가 조금 전에 급성요추염좌, 요컨대 허리가 삐끗해서 쓰러졌다고 한다.

코구마도 가까운 사람이 급성요추염좌에 걸린 걸 본 적이 있는데 그렇게 되면 바닥을 기는 정도밖에 움직이지 못한다. 당연히 똑바로 서지도 못하고 의자에 앉기조차 어렵고 말도 제대로 나오지 않는다.

다행히 과일카페 측에도 과거에 마녀의 일격이라고 하는 극심한 통증을 경험한 적 있는 허리삐끗클럽 가입자가 적지 않게 있었다. 그들의 권유로 마을 관계자는 창자가 끊어지는 마음으로——실제로 창자가 끊어지는 쪽이 더 나을지도 모른다——바로 병원으로 이송되었다.

예상 밖의 사고가 발생하자 사내에서는 프레젠테이션을 중지하려는 분위기였다. 나중에 다시 한다고 해도 안정적인 현물 유통과 원활한 담당자 연락을 최대 과제로 꼽았는데 나가노에서 직송하는 멜론 공급 시스템 구축에 무리가 있다는 점이 드러났기 때문에 새로운 메뉴로 채용될 가능성은 희박하다. 원산국 미국에서 먹은 캔털루프의 맛을 잊지 못해서 이 계획에 남다른 열의를 보였던 사측 담당자는 현물이 이미 충분한 시간적 여유를 두고 도착했다는 이야기를 구매 담당자에게 듣고 이 사태를 타개할 희망을 걸고 코구마를 찾아왔다.

이야기를 듣긴 했지만 코구마가 의뢰 받은 일은 배송이다. 긴자의 과일카페까지 멜론을 물리적으로 이동시켜 주면 끝나는 일이고, 그 뒤에는 아무런 책임도 없다. 하지만 여기서 사인을 받고 남은 일은 회사와 쿠로히메 담당자에게 넘기고 곧장 돌아가면 이쿠자와가 마을 재생과 미래를 걸고 상응하는 투자를 한 쿠로히메 마을의 고급 멜론 재배와 그 브랜드 품종화라는 꿈은 사라진다.

일단 스마트폰으로 이쿠자와에게 연락했다. 프레젠테이션 담당자가 구급차 안에서 숨도 제대로 못 쉬면서 보고해 사태를 이미 알고 있는 이쿠자와는 코구마에게 어떤 부탁을 했다.

코구마의 얼굴을 주시하던 회사 담당자의 표정을 볼 필요도 없이, 이곳에서 일어난 사태를 파악한 시점에서 어떤 부탁을 하려는지는 이미 알았다.

코구마는 이쿠자와에게 "알겠어요"라고 한 마디만 전하고 통화를 끊었다. 그리고 조금 전에 받은 명함에 따르면 카자토 유미라는 회사 담당자에게 말했다.

"제가 프레젠테이션을 할게요."

그때까지 대화를 지켜보던 사쿠라이가 쿡쿡 웃으며 말했다.

"모든 일은 신의 뜻이라는 거지. 사람은 깔려 있는 레일에서 벗어나지 못해. 자신의 이름이 새겨진 총알이 날아오면 그걸로 끝이야."

사쿠라이가 너무 남의 일처럼 말하자 코구마는 조금 발끈해서 대꾸했다.

“긴자 한복판에서 멜론을 파는 게 네가 말하는 변변찮은 신이 나에게 내린 명령이라는 거야?”

바로 그런 일을 하는 카자토가 들으라는 듯이 헛기침을 했다. 위압적이라기보다 귀여움이 느껴지는 헛기침이었다. 악마의 얼굴로도 보였지만 신의 세계에서 여당과 야당은 큰 차이가 없다.

사쿠라이는 신의 사자 자체라는 표정을 지었다. 사악하고 비열하고 사람의 운명을 가지고 노는 성미 고약한 얼굴이다.

“아니야.”

사쿠라이는 손가락을 내밀어 코구마의 오른쪽 눈과는 색깔이 약간 다른, 회색이 도는 왼쪽 눈 눈꺼풀을 살짝 만졌다.

“메시아가 되기 위해 태어난 자의 운명이야.”

(19) 프레젠테이션

경위가 어떻든 의뢰를 수락했으니 코구마는 준비를 시작했다.

먼저 쿠로히메에 연락해서 본래 담당자에게 프레젠테이션을 위해 준비한 원고와 자료를 보내달라고 했다.

퀵서비스 업무용으로 대여한 아이패드에 표시된 멜론 생산량과 당도, 상정 단가 등의 자료를 선별해 정리하고 쿠로히메의 아름다운 풍경과 풍요로운 토지, 무엇보다 고급 과일에는 중요한 생산자의 얼굴 같은 정보를 코구마의 디바이스에서 사쿠라이의 단말기로 옮겼다.

이어서 프레젠테이션실에서 진행될 질의응답에 대해 쿠로히메와 원격으로 실시간 대응을 할 수 있도록 연결했다. 전문적인 질문에는 바로 이쿠자와가 대답할 수 있도록 대기하고 동글형 이어폰으로 코구마와 사쿠라이에게 대답 내용이 들리도록 했다. 이런 것까지 가능하다면 차라리 원격으로 이쿠자와가 직접 프레젠테이션을 하면 되지 않나 싶었지만, 이쿠자와에게는 이 역경을 기회로 바꿀 정신 나간 속셈이 있다고 한다.

이쿠자와는 싱싱한 과일을 팔려면 그에 적합한 인재가 필요하다고 했다. 이쿠자와가 생각한 아이디어의 마지막 조각을 채워줄 사람이 코구마와 사쿠라이인 듯했다. 그러고 보니 처음 프레젠테이션을 맡은 마을 사람도 갓 열아홉 살이 됐다는 홍안의 미소년이었다.

일을 완수하려는 의지보다 일종의 체념으로 움직이던 코구마는 조금이라도 문제가 발생해서 일의 수고로움이 늘어나지 않도록 준비에 전념했다. 자동차나 바이크 정비 업계에서 오랫동안 전해져 내려오는 준비 8할 작업 2할이라는 말을 떠올렸다. 질문이나 발언 내용뿐 아니라 프레젠테이션실 전체의 분위기를 쿠로히메에서도 파악할 수 있도록 외국 경찰이 장착하는 보디캠처럼 업무용 스마트폰을 조끼 가슴에 테이프로 고정하고, 프레젠테이션을 하는 회의실 전경이 보이도록 회의실 맨 뒤에 업무용과는 따로 쓰는 개인 스마트폰을 설치했다.

태블릿은 뭔가 질문이 나왔을 때 쿠로히메에서 보내온 데이터를 언제든지 컨닝할 수 있도록 회의실에서 빌린 스탠딩 데스크에 두고, 또 구두 설명 내용을 사진이나 그래프로 표시하기 위해 회의실 대형 모니터와 연결했다.

물론 모든 디바이스는 거기에 문제가 발생하더라도 바로 다른 것에 백업할 수 있는 시스템을 구축해 놓았다. 특히 통신에 관해서는 회의실과 응접실, 또 옥외와 주방 내에도 문제가 없음을 사내 와이파이와 전화선 양방으로 확인했고, 쿠로히메 측에서도 스마트폰과는 별도로 몇 달 전에 발생한 지진 이후 재해 대응용으로 분교에 상비되어 있는 위성 휴대전화를 준비했다.

사쿠라이는 그 동안 계속 쿠로히메의 자료 영상을 보며 프레젠테이션 원고를 중얼거렸다. 코구마가 준비한 자료보다 스마트폰 사진첩에 저장한 자신의 유년기 사진을 보고 있었다. 이것만큼은 코구마가 대체할 수 없는, 그 땅에서 태어나고 자란 사람만이 할 수 있는 일이다.

과일카페 담당자 카자토는 코구마가 응접실을 차지하고 프레젠테이션 준비를 하는 것을 적극적으로 도우며 코구마와 사쿠라이를 흥미롭게 지켜보았다. 시골 농가와 도시의 비즈니스 스타일로 거래해도 될까 하는 불안감만큼은 불식시킬 수 있었는지도 모른다.

코구마는 과일카페 주방으로 내려가 프레젠테이션에 제공되는 시식용 멜론 준비를 확인했다. 과일 감정 전문가 같은 분위기를 풍기는 초로의 구매 담당자가 자른 과일을 한 조각 나눠주었다. 긴장된 마음을 풀어주는 달콤함이 기분 좋았다. 코구마는 멜론을 차린 테이블에 브랜디 잔을 채워 향기를 퍼트리는 게 좋겠다고 조언했다. 멜론에 곁들인 생햄을 한 입 먹었다. 아무데서나 사온 짠맛을 줄인 진공팩 햄이 아니라 짠맛과 발효취가 멜론과 잘 어울리는 쿠로히메 산에서 천천히 숙성시킨 햄을 그 자리에서 잘라내어 사용했다. 합격이다.

점심시간이 끝나고 예정된 프레젠테이션 개시 시간이 다가왔지만 긴장은 되지 않았다. 이미 필요한 물건들은 다 갖춰져 있고, 코구마는 그것들을 바르게 기능시킬 뿐이다. 코구마 안에 있는 감정은 굳이 있다면 고양감이 전부였다.

앞으로 사람이라는 불안정한 대상을 상대로 장사를 한다고 생각하자, 문득 타케치요라면 어떻게 할지 궁금해져서 그 모습을 상상하다가 머리를 가로저었다. 장사로 생계를 꾸려나가는 건 코구마가 바라온 자신의 모습과는 다르다. 게다가 타케치요라면 썩은 멜론도 에이징 멜론이라고 세 치 혀로 날조해 팔아치울 것이다.

프레젠테이션이 시작되었고, 코구마는 고급 과일카페를 비롯해 고급 멜론을 원하는 수많은 사람들 앞에서 상품을 설명했다.

프레젠테이션은 막힘없이 진행되었다. 수매 대상인 멜론에 관한 전문적인 질문에도 실시간으로 연결한 이쿠자와에게 귀엣말로 전해들은 내용이라고는 생각할 수 없을 만큼 명료하게 대답했고, 사업으로서의 수익성과 다른 품종에 대한 우위에 대해서는 플로렌스 나이팅게일이 재림한 것처럼 개인적인 의견이나 감정이 개입할 여지가 없는 이론과 데이터에 입각한 그래프를 보여주었다. 그 타이밍에 사쿠라이가 이 멜론을 키워낸 땅의 아름다운 풍경을 말 그대로 신의 눈빛으로 서정적으로 설명했다. 코구마가 마을 주민 대부분은 비즈니스 경험이 있는 귀농인이라 시골 사람 특유의 적당히 넘기려고 하거나 돈만 밝히는 태도와는 인연이 없는 땅이라고 보충했고, 사쿠라이가 그 말을 이어받아 마을 성당의 아름다운 부분만 찍고 신부님이 호남으로 보이는 각도만 찍은 사진을 보여주며 마을의 신앙심 깊은 사람들의 특성을 어필했다.

시골 마을 특유의 자연재해 리스크에 대해 질문하자 코구마는 이 마을은 얼마 전 지진이 발생했을 때 지진 발생 후 불과 반나절 만에 주변 마을보다 며칠 먼저 외부와의 통신과 물자 공급 기능을 회복시켰다고, 자신이 개인적으로 저장해 두었던 당시의 신문 보도와 아이들이 과자를 받는 사진을 보여주며 그 재해 구호를 직접 하러 간 자신의 존재를 숨긴 채 설명했다.

프레젠테이션 분위기는 대략적으로 양호했고 이어서 마지막 질문이 나왔다. 한파나 태풍 등으로 멜론이 괴멸적인 피해를 입었을 때의 대응에 대해서였다.

질문을 듣고 어물어물하는 이쿠자와 대신 코구마가 대답했다.

만약 그 마을 멜론이 기상에 의한 피해를 입었다면 근처 마을에서 재배하는 같은 종류의 멜론이 공급된다고 설명하고 덧붙였다.

"당연히 예상치 못한 사태가 발생할 수는 있습니다. 하지만 그것이 반드시 상품 가치를 떨어뜨리지는 않습니다. 오늘 매장에 진열된 상품을 내일이면 먹지 못할지도 모른다면, 고객은 그런 상품을 보면 다음에 먹어야지 하고 뒤로 미루지 않고 먼저 매장으로 달려갑니다."

(20) 길 위에서

대체로 호의적인 반응을 얻어내며 프레젠테이션을 마친 코구마와 사쿠라이는 기자재를 정리하고 철수했다.

일을 마치고 마치다에 있는 집으로 곧장 돌아가기 위해 스마트폰으로 퇴근길의 혼잡 상황을 확인하는데, 이번 기획을 낸 과일카페 담당자 카자토가 불러 세웠다.

카자토가 머리를 깊이 숙이며 코구마와 사쿠라이가 갑자기 진행하게 된 프레젠테이션 대행에 감사 인사를 전했다. 코구마 또한 카자토의 조력에 인사를 했다.

학생이 문화제나 학생회 같은 곳에서 흉내 내는 놀이가 아니라 계약 외의 일이지만, 성공 보수 형태로 돈을 받는 업무로써 수행한 이번 프레젠테이션에서 고객이 원하는 것을 자신이 제공할 수 있었는지 조금 신경이 쓰였다. 코구마가 카자토의 감사 인사에 답했다.

"제가 잘 했는지 조금 걱정이에요."

어쩌면 더 남자들이 선호하는 취향에 맞춰서 외모적으로는 나가노 쿠로히메의 순박한 여학생처럼 꾸미고, 조금 산지 위장 느낌의 표현이 안 어울리는 것도 아닌 여자가 우리 마을 멜론을 더듬더듬하면서 파는 느낌이 더 낫지 않았을까. 그런 내용을 카자토에게 전했다.

카자토는 코구마의 말을 듣고 피식 웃었다. 사쿠라이도 쓴웃음을 지었다. 그녀는 다른 사람이나 고객의 평가 따위는 전혀 신경 쓰지 않는다. 사쿠라이를 평가할 수 있는 건 하늘에 계신 유일신뿐이다.

"우리 회사는 비즈니스에서 그런 걸 요구하는 열등한 고객을 상대하지 않아요. 우리가 바라는 건 상응하는 구매력을 가진, 선택된 고객이 만족하실 수 있는 상품입니다. 코구마 씨와 사쿠라이 씨의 프레젠테이션은 완벽했어요."

코구마는 고개를 끄덕이고 카자토와 한 번 더 악수를 나누었다. 그리고 카자토는 이쪽이 본론이라는 것처럼 명함을 한 장 내밀었다. 조금 전에 받은 카자토의 명함과는 다른 인물의 이름이 적혀 있었는데, 직함은 총무차장이라고 되어 있었다.

"저희 회사의 인사를 담당하는 사람의 연락처예요. 앞으로 뭔가 곤란한 일이 있으면 언제든지 알려주세요. 특히 구직활동을 할 때는 당신의 능력에 어울리는 일을 준비해 놓을게요. 우리는 보잘것 없는 과일상에 불과하지만 긴자에서는 오래 장사해서 이 주변의 상공회에는 다소 영향력이 있거든요. 개인적으로는 저는 앞으로도 이 일을 계속한다면 당신 같은 사람과 일하고 싶어요."

코구마는 명함을 뒤집었다. 손글씨로 앞으로도 코구마 씨와 오랫동안 일할 수 있기를 바란다고 적혀 있고 이름과 직함 서명이 되어 있었다.

옆에서 같은 명함을 받아든 사쿠라이를 보니 청빈한 생활을 해야 하는 수녀의 박봉에 질렸는지 이직을 고민하는 듯한 얼굴이었다.

결국 그대로 돌아오지는 못하고 반쯤 강제로 머물게 된 코구마와 사쿠라이는 1층의 고급 과일카페에서 방금 시제품이 나왔다는 신 메뉴를 대접받았다.

평소에는 VIP가 올 때를 제외하고 항상 예약 중이라는 팻말이 놓여 있다는, 긴자 거리가 훤히 보이는 특등석에 앉았다. 가죽점퍼에 그물 조끼를 덧댄 아우터 재킷을 입은 사쿠라이를 보고 다른 손님이 "배우인가?" 하고 수군거렸다.

다른 손님이 두 사람의 모습을 훔쳐보며 말했다.

"틀림없이 배우거나 모델이거나 유명인일 거야. 봐, 보디가드도 데리고 다니잖아."

이윽고 두 사람의 자리에 메뉴에는 실려 있지 않은 특대 캔털루프 멜론 파르페가 나오고 손님들의 주목은 그쪽으로 옮겨갔다.

코구마는 캔털루프의 달콤함에 지지 않는 농후한 크림과의 조합, 거기에 더해진 브랜디의 향긋함이 또 일품인 멜론 파르페를 사쿠라이와 둘이서 먹으며 앞으로의 예정에 대해 이야기했다.

주로 사쿠라이가 이 일의 보수가 입금되면 시작할 NSR250 수리 계획에 대해 일방적으로 떠들었다. 모든 걸 혼자 해온 지금까지의 공정을 점검하고 호쿠토에서의 입원 생활을 계기로 알게 된 무카와초의 용접과 알루미늄 수정 기술로 정평이 높은 가게와 협력 체제로 수리를 진행한다고 했다.

코구마는 무심코 거긴 내가 커브를 산 곳이야! 하고 말할 뻔했지만 가만히 있었다. 엔진 조립이나 하체 테스트 주행 조정 등의 서포트로 불려가기라도 하면 귀찮아진다. 게다가 사쿠라이는 틀림없이 가게에 가보면 자신과 레이코가 그곳에 있었던 흔적을 알아챌 것이다.

레이코가 직접 만든 전용 공구나 코구마가 가게의 CBR로 만든 도넛 모양의 타이어 흔적이 아직 그 가게에 남아 있다.

파르페의 농후한 단맛을 마무리하는 산뜻하고 쌉싸름한 프랑스식 커피에 만족한 코구마와 사쿠라이는 계산을 하고 가게를 나서려고 했다. 그때, 파티세가 자리까지 찾아왔다. 그는 자신이 평생을 바친 연인이나 다름없는 과일을 친자식처럼 다뤄줘서 고맙다고, 조금 연기하듯 과장스럽게 감사 인사를 했다.

코구마와 사쿠라이가 신용카드를 내밀려고 하자 파티세가 사양했다. 부디 우리를 은혜도 모르는 몰인정한 사람으로 만들지 마세요. 두 분은 그 정도의 일을 해주셨습니다. 덕분에 일이 잘 풀렸으니 은혜를 갚을 책임이 있습니다. 하고 전직이 오페라 가수인가 싶은 말투로 이야기했다. 그러고 보니 목소리도 얼굴도 왕년의 루치아노 파바로티와 닮기는 했다.

코구마로서는 자신들이 배달한 멜론이 제품으로 만들어진 것을 손님으로서 상응하는 가격을 지불하고 맛보고 싶었지만, 이 일본 파바로티에게는 어쩐지 저항하기 힘든 분위기가 느껴져서 그대로 인터넷뱅크 계열 신용카드를 다시 넣었다. 사쿠라이도 요즘은 보기 드문 카드클립에 카드를 다시 넣었다. 외국에서 사용하기 편리하다는 북미 자본 카드로 여행 애호가나 외자계 비즈니스맨 사이에서 '해외에 갈 때는 잊지 말고 챙겨야 한다'는 신용카드지만, 색깔은 코구마가 아는 페퍼민트그린이나 골드가 아니라 플래티넘실버였다. 틀림없이 은색 매직으로 칠했을 것이다.

가게에서 나온 코구마와 사쿠라이는 반입구로 돌아가 퓨전에 탔다. 조금 전의 일본 파바로티를 비롯해 직원 몇 명이 배웅하러 나왔다. 코구마가 만약 여기서 일하게 된다면 그럴 여유가 있으면 자기 일이나 해! 하고 스패너라도 던지고 싶어지는 광경이었다.

헬멧을 쓴 코구마를 끌어안은 카자토에게 말했다.

"만약 긴자에서 굶어죽을 것 같으면 여기에 달콤한 거라도 먹으러 올게요."

카자토는 코구마의 헬멧으로 덮인 귓가에 대고 말했다.

"그때는 식사도 침실도 준비해줄게요. 방은 조금 어질러져 있지만 경치는 좋으니까…… 틀림없이 당신과 같이 본다면 더 예쁠 거예요."

이어서 사쿠라이에게 코구마를 안을 때보다 묘하게 열의가 담긴 포옹을 했다.

"언젠가 내가 아이를 낳으면 꼭 당신이 세례명을 지어줘요."

사쿠라이는 스스로 말보다도 강한 무기라고 여기는 듯한 에메랄드그린 눈동자로 카자토를 보며 말했다.

"안 그러시는 게 좋을 거예요. 우리 성당은 어플로 인기 있는 이름을 찾기만 하는 사기꾼이거든요."

너무 길어지면 출정 전의 만세 삼창까지 할 기세라 코구마와 사쿠라이는 퓨전을 출발시켰다.

긴자 거리를 퓨전으로 조금 달린 뒤, 번화가 안의 공백지대처럼 자동차 왕래가 적은 관청가를 가로질러 카스미가세키에서 수도고속 토신칸죠선을 탔다. 순간적인 변덕으로 최단거리가 아니라 멀리 에두르는 외곽 길로 퓨전을 달렸다. 사쿠라이도 신나서 따라왔다.

주로 업무 중인 사명이 적힌 밴이나 택시, 그리고 검은 승용차로 나름 혼잡한 수도고속도로를 다른 차들 사이를 빠져나가듯 달리자 헬멧 인컴에서 사쿠라이의 목소리가 들렸다.

"또 코구마와 도쿄에 오고 싶어. 다음에는 내 바이크로."

사쿠라이는 현찰이 손에 들어올 가능성이 생긴 시점에서 이미 NSR을 고친 듯한 기분을 느끼는 것 같았다. 시오도메의 지그재그코스을 빠져나가자 분기점이 가까워졌다. 코구마는 이 앞의 타니마치에서 토메이고속도로로 연결되는 3호선으로 빠져 마치다로 돌아간다. 사쿠라이는 그 바로 앞인 미야케자카에서 추오자동차도를 타고 키요사토로 돌아간다.

두 사람의 갈림길이 다가왔다. 코구마는 사쿠라이에게 뭐라고 말할지 고민했지만 지금은 돌아갈 때 타는 길을 생각하느라 머릿

속이 복잡해 한 마디만 했다. 다른 바이크, 다른 생활환경, 그런 두 사람을 나누지 않고 계속 이어주는 것.

"길 위에서 다시 만나자."

(21) 행복한 밤

코구마는 쿠로히메에서의 일을 마치고 퓨전으로 마치다에 있는 집으로 돌아왔다.

일단 무사히 업무를 완수하면 상응하는 현금을 입금해 준다고 약속되어 있으므로 오늘 밤은 조금 호화롭게 보내기로 했다.

다양한 음식이 머릿속을 빙글빙글 돌았다. 그다지 거창한 게 아니라 아마도 냉동식품 종류겠지만, 집에 돌아와 주방에서 이것저것 작업하지 않고 전자레인지로 데우기만 하면 먹을 수 있다는 점 자체가 진수성찬이다.

냉동식품을 몇 가지 사서 집으로 돌아올 때와 돌아와서 그것을 펼칠 때 두근거리는 마음은 그 무엇과도 바꿀 수 없다. 자신은 그다지 입맛이 까다롭지 않은 듯했다.

일단 마치다시로 이사하고 나서 몇 곳 발견한 싸고 상품이 다양한 슈퍼에서 냉동식품을 적당히 고르며 달걀과 빵 같은 일상적인 소모품도 샀다. 그리고 하나 더 살 것이 있다. 만찬을 준비하는 특별한 저녁에 빠질 수 없는 무당 탄산수다.

고등학교 때 여름에 레이코의 통나무집에서 마신 뒤로 저녁에 곁들이는 음료는 탄산수로 정했다. 차는 식사 후에 커피나 홍차를 타서 마시니 가능하면 식사 중에는 마시고 싶지 않았다. 맥주나 와인은 바이크를 타는 데에 행동을 제약하는 물건이라 마시고 싶지 않았다. 물도 수분 보충이라는 기능에는 부족함이 없지만 색채도 화려함도 없는 필요 최소한의 것만 섭취하며 살아가다 보면 이미 경험한 것을 하염없이 반복하기만 하다가 인생이 순식간에 끝날 것만 같았다.

역시 야마나시에 살던 때부터 특별한 때에 마시기로 정해둔 후지미네랄워터의 스파클링워터가 좋을 것이다. 코구마도 평소에는 근처 슈퍼에서 술에 섞어 마시는 음료로 파는 인공적으로 이산화탄소를 첨가한 탄산수를 마시지만, 후지미네랄의 탄산수는 항상 냉장고에 몇 병씩 들어 있었고 얼마 전부터 코구마의 집에 자주 오게 된, 대학교에서 코구마가 임시 소속되어 있는 서클의 지인 타케치요와 하루메가 손을 대려고 하면 곧바로 주먹을 날렸다. 하지만 지금은 돈이 떨어진 것을 자각하고 안 사다 보니 냉장고에서 떨어진 지 좀 되었다.

저렴한 탄산수도 싫지는 않고 집에서 탄산수를 만들 수 있는 소다 사이폰을 주방에 도입하려고도 생각했지만 가격이 비쌌다. 게다가 사이폰을 사면 틀림없이 그것만 마시게 될 것이다. 특별한 탄산수가 더 이상 특별해지지 않는다. 그리고 가격이 비싸다.

코구마는 대학 진학과 동시에 마치다로 주거를 옮겼을 때, 이 후지미네랄 천연수를 파는 곳을 찾는 걸 최우선으로 해야 할 행동 중 하나로 꼽았다.

다른 우선 과제였던 혼다 순정부품을 살 수 있는 부품가게와 특수 용도의 부자재와 고강도 구분 나사 종류를 살 수 있는 홈센터는 대번에 발견했지만 이 탄산수는 시간이 조금 걸렸는데, 팔지 않는 물건이 없어 보이는 미나미오사와역 앞 백화점에서도 찾지 못했던 탄산수는 마치다 남부에 있는 조용한 주택가의 고급 슈퍼에서 간신히 발견했다.

물론 그 상품은 인터넷으로 살 수 있지만, 주문하면 내일 도착하는 물건은 오늘 마시고 싶을 때에 마실 수 없다. 특히 오늘 저녁처럼 이 스파클링워터와 함께 보내기로 정한 저녁에는 더더욱 그렇다.

어쩐지 으리으리한 빵과 와인과 치즈, 그리고 자연식품이 진열된 고급 슈퍼는 갈 때마다 부유한 주부가 많은 손님 사이를 라이딩복 차림으로 들어가려니 조금 주눅이 들었지만 요즘에는 어느 정도 익숙해졌다.

이쪽은 명확한 목적을 가지고 여기에서만 살 수 있는 물건을 사러 온 것이고, 조금 전까지 공공의 이익에 공헌하는 일을 하고 왔다. 특히 오늘 일에서는 당신네들 같은 사람들의 입맛을 만족시키는 고급멜론을 위해 이리저리 달렸다.

자전거, 바이크 겸용이라고 표시가 되어 있지만 오토바이 종류는 한 대도 세워져 있지 않은 주차장에 퓨전을 세우고 BMW나 볼보, 렉서스나 메르세데스가 서 있는 주차장을 빠져나와 슈퍼 안으로 들어갔다. 저녁때가 가까워진 슈퍼는 코구마가 생각한 대로 그런 자동차를 타고 저녁거리를 사러 오는 사람들로 북적거렸다.

일단 상냥하게 인사하는 점원과 퀵서비스 차림의 코구마를 동물원 우리 밖으로 도망쳐 나온 생물을 보는 눈으로 보는 손님들 사이를 재빨리 빠져나가 슈퍼 안쪽 음료 코너까지 직행했다.

평소처럼 700밀리리터 유리병 여섯 개가 든 박스를 안고 재빨리 계산을 마치고 슈퍼에서 나가려던 코구마는 다른 살 것을 떠올렸다. 냉동식품도 사야 했다.

당연히 여기서 파는 고급 슈퍼 오리지널 브랜드 냉동식품은 이미 가격부터 고려할 대상이 아니지만, 늘 사는 대중적인 슈퍼의 대형 식품회사 냉동식품과 과연 뭐가 다를까.

만약 내용물은 완전히 똑같고 고급스럽게 포장만 해서 몇 배나 가격을 붙여 파는 거라면 코구마는 슈퍼라도 창업해볼까 싶었다.

어느 쪽이든 보기만 하는 건 공짜니 미네랄워터 상자를 한손에 안고 냉동식품 선반을 보았다. 진열된 냉동식품은 코구마의 예상을 뒤집었고 재료부터 저렴한 냉동식품과는 전혀 달랐다. 이 산지 지정과 브랜드육 사용이라는 표시가 진짜라면 말이지만.

아무튼 볼 것은 다 봤으니 말할 수 없이 마음이 불편한 이 공간에서 재빨리 나가서 빨리 우리 집 주방처럼 안심할 수 있는 업무용 할인 슈퍼로 가려던 코구마는 냉동식품 코너 구석에서 익숙하지 않은 물건을 발견했다.

손에 들어보니 두툼한 월간 만화잡지 정도 크기의 종이 상자였다. 표면에 적힌 상품명은 헝그리맨이라고 하는데 상자에 사진이 프린트된 상품 이미지에 따르면 세 칸으로 나뉜 수지 트레이에 인공적인 스페어립과 채소 믹스, 디저트로 다크체리 무스가 들어 있었다.

선반에 있는 색깔이 다른 헝그리맨을 들었다. 이쪽은 칠면조햄과 데친 완두콩, 그리고 초코브라우니였다.

코구마는 미국 스타일 생활을 좋아하는 시이의 어머니에게서 이런 냉동식품 이야기를 들은 적이 있다. 이것은 TV 디너라는 것이다. 메인과 사이드와 디저트가 하나의 트레이에 들어 있어 전자레인지에 넣고 스위치만 누르면 TV를 보는 동안 저녁이 완성된다. 시이의 어머니에게 어떤 맛이냐고 물어보니 짐 자무쉬의 영화 『천국보다 낯선』을 보면 가장 이해가 빠르다고만 했다.

코구마는 충동적으로 TV 디너 두 상자를 미네랄워터 상자 위에 올렸다. 그대로 계산대로 향했다.

계산하니 조금 전의 선택이 조금 후회되는 가격이 코구마의 신용카드에서 결제되었다.

자신이 왜 이런 행동을 했는지는 모르겠다. 다만 늘 먹는 냉동식품으로 얻을 수 있는 것과는 다른 신기한 경험은 그 차액보다 가치가 있지 않을까 하는 생각이 들었다.

게다가 이 일본에서 꽤나 비싼 가격으로 파는 TV디너를 그것이 생산된 나라에서 일상적으로 먹는 사람들은 틀림없이 이 어울리지 않는 가게에서 소외감을 느끼는 자신과 동류가 아닐까 싶었다.

생각지도 못한 충동구매에 조금 지친 건지, 결국 그 후에는 어디에도 들르지 않고 집으로 돌아왔다.

일단 퓨전은 나중에 반납해야 하는 빌린 물건이기 때문에 도난 방지를 위해 마당에 둔 개구리색 컨테이너에 넣고, 돌아오는 길에 장본 물건들을 박스에서 꺼낸 뒤 문을 잠그고 집으로 가지고 들어왔다.

시각은 이미 저녁이었다. 명암에 반응해서 밤이 되면 자동적으로 켜지는 현관등에 비춰진, 원래는 도영주택이던 목조 단층집에는 조금 어울리지 않는 현관문을 열고 집안으로 들어갔다.

라디오를 켜고 평소보다 큰 음량으로 멘델스존을 들었다. 소음으로 불평할 정도로 가까운 이웃집은 없다.

일단 설명서대로라면 30분 해동 가열해야 한다는 헝그리맨을 전자레인지에 넣었다. 이어서 예전에 사둔 얼음을 냉동실에서 꺼내 싱크대에 붓고 스파클링워터 병을 얼음 사이에 꽂았다. 이렇게 하면 냉장고보다 암반 밑의 지하수에 가까워 딱 적당하게 식는다.

라이딩복을 벗어던지고 샤워를 했다. 바이크를 타고 오래 달린 뒤에 욕조에서 느긋하게 목욕을 하면 갑작스런 온도차 때문에 오히려 몸 상태가 나빠질 때가 있다. 목욕은 샤워와 식사로 몸이 적당히 잘 데워진 뒤 천천히 하기로 했다.

샤워를 짧게 끝낸 코구마는 실내복으로 입는 베트남 잡화점에서 산 검은 파자마를 입은 후, 이 집을 리모델링할 때 가장 돈을 들인 히노키 목재로 된 바카운터에 테이블보를 깔고 전자레인지에서 꺼낸 헝그리맨과 파이어킹 잔을 두었다. 본래의 목적은 계량컵이지만 컵의 재질과 입술에 닿는 감촉이 최고로 좋은 1,000cc 컵에 얼음에서 꺼낸 스파클링워터를 부었다. 좋아하는 동영상을 마음대로 찾아볼 수 있도록 바카운터에 둔 태블릿 스탠드에 아이패드를 끼웠다.

총 1박2일로 딱히 어떤 궁지도 없이 끝난 일에 이 정도로 휴식을 원하는 자신은 매일 정해진 시간에 허덕거리며 일하는 직업에는 어울리지 않는지도 모른다. 하지만 일을 한다면 이 정도의 성취감이 필요하다.

코구마의 행복한 저녁이 시작되었다.

(22) 휴일

헝그리맨 두 개와 스파클링워터로 행복한 만복감을 느끼고 식사를 마치자 욕조에 물이 다 받아졌다. 거기에 몸을 담근 코구마는 욕실 안에 가지고 들어온 아이패드로 튼 TV 프로그램에서 조만간 전화라도 해볼까 싶었던 레이코와 생각지 못한 재회를 했다.

아시아를 혼자 여행하는 소녀로 레이코를 취재한 것이었다. 자세히 보니 태국 1인 여행 투어라는 알 수 없는 것에 참가해 있었고, TV 프로그램도 그 여행대리점이 스폰서인 반 홍보 프로그램이었다.

인터뷰 영상에서는 방콕을 커브로 달리는 꿈을 이루기 위해 고등학교 때 아르바이트 해서 모은 돈으로 참가했다고, 남자가 보면 맨 얼굴이라고 착각하겠지만 여자 눈으로 보면 빈틈없이 내추럴 메이크업을 한 레이코가 얌전한 미소를 지으며 대답했다. 영상을 보던 코구마는 거짓말 마, 여행 경비는 다 부모님이 내주셨잖아, 하고 옆에서 머리를 쥐어박아주고 싶은 기분이었다.

레이코는 출발 전에 아시아 여행 초보자가 많이 가는 방콕 카오산은 모험의 첫걸음이고 최종적으로는 다카르 사막을 커브로 횡단해 지금은 이미 다른 나라로 무대를 옮긴 다카르랠리를 달린다는 못 다 이룬 꿈을 이루고 싶다고 했었다.

경기 엔트리 규제가 느슨했던 시대의 다카르랠리에서는 베스파나 혼다 모터크로스 원동기가 참가해 결과를 남겼지만 커브는 아직 기록으로 남은 완주 실적이 없다.

일단 지금의 레이코는 여비에 보태기 위한 출연료 벌이에 여념이 없어 보였다.

말할 수 없이 기묘한 기분으로 목욕을 마치고 침실로 향한 코구마는 다다미 향기가 나는 일본식 방에 깔아둔 새 이불 속으로 들어가 쾌적한 잠을 청했다.

라디오에서 나오는 오래 된 성당에서 녹음했다는 솔페지오 음악으로 상쾌하게 눈을 뜬 이튿날 아침.

어느 회사의 제품을 사도 같은 맛이 나는 일본의 냉동식품 형식을 따르지 않는, 미국의 냉동 원 플레이트 디너의 여운이 방과 입안에 남아 있는 느낌이 들었다. 또 호사를 부리고 싶어질 때면 다시 그 마음을 불편하게 하는 슈퍼에 비싼 돈을 지불해도 좋을 것 같은 기분이 드는 맛이었다. 곁들여진 디저트를 제외한다면.

그 디저트는 맛이 없다기보다 먹기 힘들다는 것이 코구마의 감상이었다. 식후 디저트는 차가워야 한다는 선입견이 있는 코구마는 전자레인지로 뜨겁게 가열해 끈적끈적하고 흐물흐물해진 무스와 브라우니를 어떻게 받아들여야 좋을지 고민스러웠다. 어쩌면 그 트레이를 가위로 잘라 디저트는 해동만 하고 차가운 채로 먹는 게 맛있지 않았을까. 일단 한 번 더 그 헝그리맨을 살 이유가 생겼다. 그때의 자신이 그만큼 여유롭다면 말이지만.

두툼한 식빵에 바나나와 피넛버터, 그리고 두꺼운 베이컨을 잘 구워 올리고 베이컨에서 나온 기름으로 핫샌드위치를 만든 코구마는 그것을 좋아했던 사람의 이름을 따 엘비스 샌드위치라고 부르는 두툼한 샌드위치와 허브솔트를 뿌린 토마토 두 개로 아침을 먹었다.

쿠로히메에서도 그렇고 어제 저녁에도 나름 잘 먹었다. 그런데도 칼로리가 높은 아침을 선택한 것은 레이코가 카오산에서 매일 먹는다고 한 배낭여행객의 주식인 바나나 팬케이크의 영향인지도 모른다.

코구마는 데님 상하의에 라이딩 재킷을 입었다. 여대생이 매일 같은 옷을 입으면 보기 좋지 않지만, 지금부터 갈 곳에는 고등학교 때 입던 모습으로 가고 싶은 이유가 있다.

일이 끝난 다음 날, 대학교 학점 출석 일수에는 아직 충분히 여유가 있으므로 오늘은 쉬는 날로 정해뒀는데, 오늘 일정을 결정한 것은 어제 욕조 안에서 받은 메시지 때문이었다.

자신이 태블릿으로 레이코를 보는 걸 어딘가에서 감시하나 싶은 메시지를 고등학교 때 같이 커브를 탔던 친구 에니와 시이가 보냈다.

내일 코구마네 집 근처에 있는 풋살장에서 시합이 있으니 보러 와달라는 내용이었다.

딱히 거절할 이유도 없고 미도리야마에 있는 경기장도 퓨전으로 가면 10분 정도 거리니 휴일 낮을 풋살을 관전하며 보내기로 했다.

코구마는 어제 일을 끝낸 뒤로 다음 일과 아르바이트가 정해지지 않았다. 고등학교 때에 비해 꽤나 시간 여유가 있는 강의 일정밖에 해야 할 의무는 없었고, 서클도 일단은 드나드는 곳이 있지만 굳이 나서서 찾아가고 싶은 곳은 아니다.

아무것도 없었다. 마치 길을 잃은 상태나 마찬가지였다. 길을 알려주는 건 내비게이션뿐만이 아니다.

시이와 이야기하면 스마트폰 내비게이션만큼은 아니라도 뭔가 힌트를 얻을 수 있을지도 모른다.

(23) 풋살

야트막한 산들이 이어진 무사시노 구릉지를 택지로 개발한 마치다시.

그중에서도 그다지 높지 않아서 자전거로 가면 걸을 때보다 조금 더 운동이 되는 정도의 경사를 올라가면 나오는 구릉 꼭대기에 시이가 시합을 하는 풋살파크가 있었다.

마치다와 요코하마의 경계가 복잡하게 얽혀 있는 가운데 카와사키시의 월경지가 외따로 뚝 떨어져 있는 곳은 미관지구로 지정되어 있어, 주변은 산과 들로 에워싸여 있고 바로 옆에는 역시나 자연이 풍부한 도내 중앙방송국의 드라마나 예능 촬영 스튜디오가 있다.

코구마가 사는 마치다시 북부에서 바이크로 10분 남짓이면 가는 거리로, 코구마에게는 평소 커브로 장보러 다니는 생활권 범위 안이다. 사실 눈앞으로 지나가는 간선도로를 조금 달리면 수요일에 생선을 싸게 팔아서 자주 다니는 슈퍼가 있다.

코구마는 빌린 퓨전을 경기장에 댔다. 경기는 이미 시작된 뒤였다.

경기장은 인조잔디가 깔린 두 면이 전부인 그라운드와 주변에 약간의 공간이 있고, 조립식 건물로 지어진 클럽하우스에 울타리가 둘러져 있는 게 전부인 간소한 풋살장이었는데, 펜스 주변의 주차장을 막아 관전 공간으로 활용하는 듯했다. 의자 같은 건 없어 서서 봐야 했다.

퓨전을 정면 입구 옆 이륜차 주차장으로 보이는 곳에 세웠다. 몇 대 늘어선 바이크와 원동기 사이에 하늘색 리틀 커브가 세워져 있었다.

생산이 종료된 지 아직 얼마 되지 않은 탓도 있어 리틀 커브는 보기 드문 원동기가 아니었지만, 뒤쪽에 달린 캔버스천으로 된 지퍼 토트백 안에 꽉 차게 플라스틱 컨테이너를 넣은 리어박스를 보고 시이의 리틀 커브임을 알았다.

시이는 예전에 코구마의 집에 놀러 왔을 때 이 박스에는 풋살공과 운동복과 스파이크를 넣을 수 있어서 편리하다고 했던 것이 떠올랐다.

펜스 주변에는 꽤 많은 숫자의 관객이 있었다. 집에서 나오기 전에 스마트폰으로 미리 알아봤는데, 오늘 대전 상대는 같은 여자 풋살팀이면서 예능사무소에서 운영하는 여배우와 성우, 아이돌로 구성된 풋살팀으로, TV스튜디오 옆에 있는 이 코트가 홈그라운드라고 한다. 상대팀은 어쨌든 영애 대학교로 유명한 시이네 여대팀이다.

대부분이 남자인 데다 어두운 옷을 입은 사람이 많은 관객 사이로 끼어들고 싶지는 않았으므로 퓨전 시트에 걸터앉은 채 시합을 관전했다. 관객은 상대팀 팬이 대부분이라 시이가 닥치는 대로 가까운 곳에 사는 지인에게 시합을 보러 오라고 부른 이유를 잘 알 수 있었다.

필드에서는 경기복을 입은 여자들이 공을 쫓고 있었다. 그중에서 시이를 발견하기는 어렵지 않았다. 키가 140센티미터도 되지 않고, 햇빛을 받으면 하늘색이 도는 머리카락의 소녀. 시이도 코구마를 알아봤는지 녹색 원정팀용 경기복을 입은 시이가 환하게 웃으며 양손을 흔들었다. 코구마도 가슴 앞에서 가볍게 손을 흔들었다.

보아하니 시이는 풋살에서 아라라고 하는 미드필더를 맡은 듯했다. 필드 끝에서 끝까지 날랜 설치류처럼 달리며 피보라고 하는 센터포워드에게 공을 보냈다.

피보를 맡은 사람은 평균보다 키가 조금 큰 소녀였다. 유럽사람 같은 빨간 고수머리에 상당히 예쁘장했지만 득점력은 별로 없는 듯했다. 아라가 보낸 공을 종종 슈팅 미스했다.

시이의 반대쪽인 오른쪽 아라를 맡은 사람은 오히려 이쪽이 피보에 어울려 보이는 검은 머리에 키가 큰 쿨뷰티로, 풋살 혹은 축구 경험은 풍부한지 움직임이 좋았다.

다만 미드필더 일을 잊고 종종 골대 앞 공방전에 참가했고 피보에게 볼을 보낼 때도 상대를 날려버릴 기세로 패스해서 종종 공이 바로 옆으로 날아가면 상대 선수가 비명을 질렀다.

피보인 빨간 머리는 그녀를 부상으로 퇴장이라도 시키고 싶은 듯한 우측 아라의 고속 패스를 지면에 발을 끌거나 솜씨 좋게 차

올리면서 유연한 발놀림으로 받아냈지만 좀처럼 득점으로 이어지지는 않았다.

후방을 담당하는 픽소는 금발 벽안의 소녀였는데, 키가 크고 검은머리인 아라와 비교해도 키가 커서 가끔 시이와 함께 달리면 어른과 아이로밖에 보이지 않았다.

필드에서 공을 줍는 건 호쿠토를 자전거 통학으로 단련해 달리는 힘이 좋은 시이에게 맡기고 수비에 전념하는 것 같았다. 다른 선수들에게 적극적으로 말을 거는 사령탑 역이자 팀의 분위기메이커인 듯했다.

골레이로라고 하는 골키퍼는 신비로운 소녀였다. 머리카락도 피부도 눈동자까지 색소가 옅고 체구가 작은 소녀인데 보이는 모습처럼 생명력이 약하고 팀이 공격할 때는 선 채로 죽은 게 아닐까 싶을 만큼 미동도 하지 않았다. 공을 막으려고 움직일 때도 몸과 두 팔다리의 움직임이 하나같이 직선적이라 동선은 최단거리지만 근육과 골격 구조적으로는 이상한 움직임을 보였다. 그러면서 반응은 믿을 수 없을 만큼 빨라 시합이 시작된 뒤로 1점도 득점을 허용하지 않았다.

쌍방 무득점, 1점이라도 내면 시합의 추세가 결정되는 분위기에 관객들도 불타올랐다. 상대팀 여배우와 성우가 좋은 플레이를 보일 때마다 굵직한 함성이 울리고 시이네 팀의 플레이에도 아이돌 이벤트 매너를 지키며 충분한 존중이 담긴 응원을 보냈다.

하프타임이 지나 후반 경기, 작은 몸으로 누구보다 바쁘게 달리는 시이의 움직임이 살짝 둔해졌다. 시선이 아래로 떨어졌고 속도는 유지하면서도 필드의 기복을 보지 못해서 발이 걸릴 때가 많아졌다.

코구마는 퓨전에서 내려 펜스 쪽으로 걸어갔다. 시이가 근처를 지나갈 타이밍에 맞춰 소리를 질렀다.

"커브처럼 달려!"

시이는 코구마 쪽을 보지 않았다. 시선을 들어 하늘을 보았다. 무언가를 떠올린 눈동자였다.

시이가 달리는 모습이 조금 바뀌었다. 턱을 들고 달리는 길 끝을 보게 되었다. 시이는 지금 육상 중거리 선수급 속도로 필드를 달리고 있지만 리틀 커브를 탈 때는 더 빠른 속도로 공공도로를 달렸다. 길을 끝까지 보지 않으면 도로 위에서 살아남지 못한다. 주변에서 차지와 슬라이딩으로 집요하게 공을 빼앗으려는 대전 상대도 커브를 탈 때 도로 위에서 다른 차량의 위치와 움직임을 재빨리 계산하면서 뒤통수에 눈이 달린 것 같은 주의력을 유지해 달리는 것에 비하면 대수로울 게 없다. 호흡을 가다듬고 스태미나를 관리하면 휘발유도 버텨준다. 모두 시이가 리틀 커브를 타면서 스스로 경험해서 배운 것이다.

달리기가 다시 안정을 되찾은 시이는 공을 중간을 잇는 우측 아라에게 패스했다. 상대팀 수비가 따라붙지 못했고 빨간 머리 피보에게까지의 필드는 비어 있었다. 그때 검은 머리 아라는 코구마가 봐도 치명적인 실수를 했다.

그다지 멀지 않은 피보에게 전력 패스를 했다. 명백하게 머리를 노렸다. 완만한 롱패스라면 헤딩이나 트래핑으로 받을 수 있지만 이 높이의 빠른 공을 받을 방법은 풋살에도 축구에도 없다.

피보가 머리를 맞고 양팀 무득점인 채로 경기가 끝나겠구나 싶었다. 승리를 거머쥐지 못해 장례식장 같을 시이네 팀을 만나는 것보다는 그냥 가는 게 낫겠다 싶어서 돌아갈 준비를 하던 코구마의 눈에 빨간 머리 피보가 엄청난 미소를 짓는 것이 보였다.

지금까지는 흐리멍덩한 인상이던 동그란 눈동자를 날카롭게 빛낸 빨간 머리 소녀는 그 자리에서 사슴처럼 튀어 올라 양손으로 땅을 짚고 다리를 하늘로 들어올렸다. 물구나무 상태가 된 피보는 그대로 발을 휘둘러 우측 아라의 패스를 발에 감았다. 주변 수비수는 지금까지 해온 대전과 경기 영상에서는 본 적 없는 플레이에 대처할 방법을 찾지 못하고 굳어 있었다. 빨간 머리 피보는 그대로 파칭코 기계의 풍차처럼 발을 돌려 강속구 패스 기세를 유지한 채 공을 골대에 넣었다.

코구마는 지금의 움직임을 동영상으로 본 적이 있다. 풋살이나 축구에서가 아니라 남미 여행기에서 본 브라질의 발기술을 중심으로 한 격투기 카포에라의 움직임이다.

코구마는 이 슈팅력이 낮은 빨간 머리 소녀가 피보 역할을 맡은 이유를 알게 된 것만 같았다. 그리고 왜 어떻게 봐도 피보 재질에 상당히 기가 세 보이는 우측 아라 소녀가 아마도 마지못해서겠지만 지금의 포지션에 있는지, 또 시이가 필드의 어디로 굴러간 공이든 반드시 따라가 피보에게 보내려고 하는 이유도 알았다. 플레이 스타일이 크게 다른 좌우 아라의 공통점은 빨간 머리 피보의 득점력을 절대적으로 신뢰한다는 점이었다.

잡지 모델이라는 상대팀 골레이로가 긴 팔다리를 거미처럼 펼쳐 수비하고 지금까지 주로 빨간 머리 피보의 슈팅력 부족 때문에 난공불락이었던 골대에 공이 박혔다. 순간 시간이 멈추고 득점 호루라기 소리가 울리는 동시에 주차장을 가득 채운 상대팀 팬과 드문드문 있던 시이네 팀 팬이 한목소리로 환호성을 질렀다.

결국 그 슈팅이 결정타가 되었는지 양팀 모두 스태미나가 떨어져 움직임이 둔해져 타성으로 공을 돌리는 사이에 시합이 끝났다.

1-0으로 시이네 팀이 승리했다.

(24) 리틀 커브

경기장이 환호성으로 가득한 가운데 시이네 팀은 상대팀과 악수를 나눴다.

대전한 연예인 풋살팀에는 취재진이라고 할 정도는 아니지만 몇몇 기자가 스마트폰을 들고 달라붙어 인터뷰를 하고 있었다.

요즘은 스마트폰 카메라와 녹음기로 방송, 잡지 게재까지 가능한 퀄리티의 영상과 음성을 확보할 수 있기에 전문가도 종종 스마트폰을 사용한다.

경기 내용이 좋았을 뿐 아니라 비주얼도 상당한 시이네 팀에도 기자가 다가왔지만, 검은 머리 우측 아라가 막으며 매스컴 관계자를 차단했다.

코구마는 펜스 일부가 문 형태로 된 출입구에서 경기장 안으로 들어가 팀에게 다가갔다. 역시 눈앞을 막아선 검은 머리의 큰 아라 옆에서 시이가 튀어나와 코구마의 손을 잡았다.

"내 소중한 사람이야."

경기하느라 내내 뛰어다녀 땀을 뚝뚝 흘리고 숨을 몰아쉬는 시이의 옆에서 땀 한 방울 흘리지 않는 우측 아라 소녀가 코구마에게서 시선을 떼지 않은 채 물러났다.

시이는 그대로 코구마의 손을 잡아끌고 조립식 건물 뒤로 갔다. 휴 하고 휘파람을 불며 놀리는 여자 클럽 분위기가 코구마는 조금 불편했다.

땀에 젖은 시이는 코구마를 끌어안았다.

"와줘서 고마워! 덕분에 이겼어."

코구마는 시이의 몸을 떼어내며 말했다. 코구마가 머리를 밀면 시이의 팔다리는 코구마에게 닿지 않는다.

"나는 딱히 아무것도 안 했어."

시이는 조립식 건물 뒤에 놓여 있는 둥근 의자에 앉아 코구마용 의자를 꺼냈다. 이 풋살파크는 잘 알고 있는 곳인가 보다.

"대학교는 어때?"

코구마는 스포츠 물병에 담긴 물을 꿀꺽꿀꺽 마시는 시이에게 대답했다.

"아무 일도 없어. 강의실 의자에 앉아 있기만 하면 학점을 주니까. 내가 아니라 내 엉덩이가 대학교 의자를 닦으러 다니는 거나 마찬가지야."

시이는 코구마를 보고, 그리고 코구마가 여기까지 타고 온 퓨전으로 시선을 던지며 말했다.

"그런 거 말고~ 뭔가 재미있는 일은 찾았어? 다른 사람도 아닌 코구마니까 틀림없이 또 사람을 여럿 구하지 않았을까 싶은데."

어제까지 종사한 멜론 수송 이야기를 하려다가 말았다. 방금 눈앞에서 본, 시이가 열중해 있는 일에 비하면 얼마나 가치가 있겠는가.

"그것도 좀처럼 나타나질 않네."

시이는 고개를 갸웃거리며 코구마의 눈을 들여다보았다. 코구마가 눈길을 피하자 시이는 다시 스포츠물병의 물을 마시고 마지막 물방울을 혀로 받았다. 빈 병을 흔들며 말했다.

"뭔가 마실 것 좀 사다줄래? 내가 항상 코구마 이야기만 하니까 다른 애들도 코구마를 만나고 싶어 했어."

시이는 경기하는 동안 그라운드 끝에 있는 벤치에 내내 놓여 있던 힙색을 집어 들고 파우치 안을 뒤적여 하늘색 키홀더가 달린 열쇠를 던졌다.

일어선 시이는 조립식건물 뒤에서 얼굴을 내밀고 앞쪽에 모여 경기 후의 휴식을 취하는 멤버들에게 말했다.

"애들아, 나의 코구마가 쏜다는데 뭐 마시고 싶어?"

아무래도 코구마와 시이의 사이를 이상하게 오해하고 엿듣던 멤버들이 대답했다.

"카이피리냐! 레몬 많이, 설탕 빼고."

"프로틴, 프로틴은 모든 걸 해결해주거든. 라즈베리 맛으로."

"히야시아메 사다줄래?"

"숲속 샘물…… 사람 손을 거치지 않은 깨끗한……."

시이는 코구마를 돌아보며 말했다.

"녹차 다섯 병."

100미터 정도 떨어진 교차로를 꺾으면 바로 슈퍼가 있다고 해서 코구마는 펜스 밖으로 나와 퓨전에서 꺼낸 헬멧을 쓰고 시이의 리틀 커브에 앉았다.

키를 돌려 셀 버튼을 눌러 시동을 걸었다. 시승이나 대차로 전자제어 커브를 타본 적은 몇 번 있지만, 구형 차체와 엔진에 퓨얼 인젝션을 탑재한 시이의 리틀 커브를 타보는 건 처음이었다.

시동과 아이들링은 조금 느낌이 달랐다. 하지만 달려보니 지금까지 타던 커브와 타는 방법은 다르지 않았다. 코구마의 커브와 같은 커브, 업무용 퓨전을 타는 동안 계속 결핍을 느꼈던 커브의 감촉이다.

커브로 가느니 걸어가는 게 빠를 것 같은 곳에 있는 슈퍼에서 자기 것도 포함해 콜라를 여섯 병 사서 경기장으로 돌아왔다.

왕복 5분도 안 되는 시간 동안 커브를 탄 것만으로도 진동과 감촉이 코구마의 몸 안에서 몇 번이나 메아리쳤다.

코구마가 콜라를 사주니 시이의 팀원 네 명은 약삭빠르게 우호적으로 변해 코구마에게 이런저런 질문을 했다.

병결로 빠진 수학여행에 참가하고 싶어서 반 아이들이 탄 버스를 커브를 타고 뒤쫓아 가 집념으로 료칸 앞에서 버스를 따라잡았다는 게 사실이냐, 나가노 지진으로 고립된 마을을 구하러 시베리아보다 추운 산길을 달렸다는 게 사실이냐는 이야기였다.

시이가 이 아이들에게 무슨 이야기를 했는지는 모르지만 엉터리도 그런 엉터리가 없었다. 수학여행 건은 병결로 갑작스럽게 생긴 휴일을 이용한 개인적인 카마쿠라 투어링으로, 이미 수학여행 경비를 지불한 몸이니 밥이나 먹으러 료칸에 들렀고 간 김에 선생님이 그렇게 하라고 권해서 목욕을 하고 잠을 잤을 뿐이다. 커브로 버스를 앞지르지 않도록 여기저기서 시간을 쓰며 적당히 달렸지만 결국 료칸 근처에서 버스를 앞지르고 말았다. 쿠로히메의 고립된 마을 구조는 스마트폰이 친절하게도 산길의 기온과 풍속을 측정해줬는데 그 산길과 기상 상황이 같은 곳을 찾아보니 해당한 곳이 북극의 스피츠베르겐섬뿐이었다.

시이는 다섯 명으로 이루어진 팀의 일원이다. 다른 팀원보다 조금 상식인에 가까운 멤버라는 느낌으로 특이한 애들만 모인 팀을 잘 통합했다. 시이가 좋아하는 것과 장래의 꿈은 고등학교 때와 대학교 진학 후에 상당히 달라졌지만, 시이가 지금 하고 싶은 일은 명확했고 그녀는 지금도 전력으로 달리고 있다. 거기에는 한 점의 구름도 없다.

조립식건물 문을 열고 안에서 상대팀 멤버가 나왔다.

"탈의실 비었어요."

조금 전에 들어갔는데 벌써 사복으로 갈아입다니 역시 연예인이었다. 시이와 팀원이 일제히 일어났다. 시이는 코구마의 가슴에 이마를 대고 말했다.

"그럼 옷 갈아입고 나올 때까지 기다려. 오늘도 코구마네 집에서 자고 싶어."

기억하는 한 시이가 코구마네 집에서 잤던 적은 레이코도 함께였던 졸업여행 도쿄 투어링 때뿐이었지만, 시이의 팀원들뿐만 아니라 예전부터 풋살 동료로 얼굴을 아는 사이였던 듯한 상대팀까지 꺄아 하고 소리를 질렀다. 경기 중에는 소년처럼 필드를 내달리며 여성스러움이라고는 없어 보이던 시이의, 다른 사람에게는 보여준 적 없는 표정이 의외였나 보다.

코구마는 시이의 옷깃을 잡고 떼어내며 말했다.
"아니, 이제 돌아갈게. 볼일이 생겼어."
시이는 입을 삐죽거리며 말했다.
"나보다 소중한 걸 만나러 가려는 거구나? 역시 코구마는 고등학교 때부터 조금도 변하지 않았어."
코구마는 퓨전이 있는 곳까지 배웅하러 온 시이에게 물었다.
"왜 나를 리틀 커브에 타게 한 거야?"

시이는 당연한 걸 왜 묻는 거지? 하는 의아한 표정을 지으며 대답했다.
"무언가를 망설이는 듯했거든. 코구마는 그럴 때 언제나 커브를 타면 대답을 찾아내잖아."
시이는 코구마 본인보다 코구마를 더 잘 아는 것 같았다. 멀리 가기 위해서가 아니다. 무언가를 운반하기 위해서가 아니다. 코구마가 커브를 타는 가장 큰 이유까지 알고 있었다.
코구마와 시이의 대화를 빨간 머리 피보와 금발 머리 픽소, 검은 머리의 우측 아라가 쓴웃음을 지으며 펜스 너머에서 엿보았다. 색소가 연한 골레이로는 무표정했다. 아무래도 헌신해도 보답 받지 못하는 것이 모두가 아는 익숙한 시이의 모습인 듯했다.

모두에게 인사한 코구마는 그대로 퓨전을 타고 집에도 들르지 않고 추오자동차도를 통해 코후쇼와로 직행했다.

퀵서비스 사무소에서는 빌려준 퓨전을 코구마가 당분간 타고 다닐 줄 알았던 우키야가 예상과 달리 빨리 반납하러 오자 놀랐다. 코구마는 퓨전을 우키야에게 돌려주고 엔진과 하체 세팅에 대해 몇 가지 조언한 뒤 사무소에 맡겨둔 커브를 받았다. 그리고 우키야에게 말했다.

“예전에 사장님이 해주신 얘기, 더 자세히 해주시겠어요?”

그것은 코구마가 고등학교를 졸업하기 전이었다. 도쿄로 이사를 앞두고 이곳 소속을 해지하기 약간 전에 우키야를 통해, 도쿄도 후추시를 거점으로 활동하는 퀵서비스 회사에서 이적 제안이 들어왔다.

코구마에게 꼭 자기 회사 소속 라이더가 되어 달라고 부탁한다는 내용이었다.

(25) 쿠니타치후추 나들목

마치다시 북부에 있는 코구마의 집에서 오네간선도로와 카마쿠라가도를 경유해 커브로 20분이 채 안 되는 길이다.

출퇴근 거리로는 너무 가깝지도 않고 멀지도 않은 곳에 코구마가 방문을 예약한 사옥이 있다.

대학교에서 야엔가도를 타면 조금 더 가까울지도 모른다. 어느 쪽이든 이보다 멀면 출퇴근하기 부담스럽고 가까우면 회사 사람들과 생활권이 겹친다.

추오자동차도의 쿠니타치후추 나들목이 가까운 도쿄 도하의 트럭 물류 거점에는 식품회사와 제본업, 통판회사 등의 창고가 줄지어 있었다.

예전에 일했던 코후쇼와의 퀵서비스 회사가 있던 곳과 분위기가 비슷하지 않은 건 아니지만, 코구마의 눈앞에는 아연도금강판으로 된 차고 겸용 사옥이 아니라 흰 철골 콘크리트로 된 거대한 상자가 있었다.

근처에 줄지어 있는 다른 차고와 달리 창문이 조금 더 많은 것으로 보아 오피스빌딩 기능도 있음을 알 수 있었다. 담장으로 에워싸인 부지에 커브로 들어가자 입구 표시가 있는 유리문이 보였다. 옆에 있는 직원용인 듯한 주차장에 커브를 주차하고 유리문을 열고 안으로 들어갔다.

유리문 옆에 있는 경비실 창문으로 사장과 만나기로 약속을 잡은 메일 화면을 스마트폰에 띄워 보여주자, 퇴역군인 같은 건장하고 머리가 희끗희끗한 남자가 내선전화로 확인한 뒤 사장실은 2층 끝에 있는 방이라고 알려주었다.

경비는 엘리베이터 위치도 알려주었는데, 옆에 계단이 있어 계단으로 가도 되냐고 물어보니 문제없다고 해서 그쪽으로 걸음을 옮겼다. 코구마가 드나드는 서클 부장 타케치요는 반드시 그렇게 했다. 귀와 피부의 감각을 총동원해 이곳이 자신에게 위험한 곳이 아님을 신중하게 확인하려면 그렇게 하는 게 좋다고 했다.

2층으로 올라가 먼지 한 톨 떨어져 있지 않은 복도를 걸어 막다른 곳에 달한 코구마는 사장실이라고 표지판이 붙어 있는 문을 노크했다.

청결하고 조직적인 회사 분위기에 자기 나름의 업무 스타일을 드러내기 위해서 성인 남자가 턱에 맞으면 그대로 무릎을 꿇으며 무너져 내릴 정도의 강도, 즉 택배기사가 노크할 때보다 조금 약한 힘으로 주먹 쥐고 두드리자 안에서 "들어오세요" 하는 소리가 들렸다.

얼음에 금이 가는 소리가 들린 느낌이었다.

문을 열고 안으로 들어가자 다다미 한 장 반은 될 것 같은 옆으로 긴 커다란 책상을 사이에 두고 이 운송회사 사장이라는 여성이 앉아 있었다.

등 뒤의 창문으로는 추오자동차도의 쿠니타치후추 나들목이 한 눈에 보였다. 전망은 좋지만 소음으로 고생할 것 같았는데 방음유리인지 소란스러운 소음은 희미하게 들릴 뿐이었다. 몇 대의 모니터가 놓여 있는 책상 너머에서 사장이 일어났다.

겉모습을 보고 코구마가 느낀 감상은 목소리 인상과 마찬가지로 차갑다는 말밖에 떠오르지 않았다. 키는 코구마보다 훨씬 작고 눈처럼 하얀 바지 정장을 입었다. 색소가 옅은 눈동자와 머리카락, 무엇보다 미소라는 것을 전혀 띄우지 않았다. 사장의 모습을 본 코구마는 온도 조절된 사무실 안에 희고 차가운 눈이 내린 기분이었다.

코구마는 언제나 일 때문에 만나는 사람에게 하듯이 악수 인사를 하려고 했다. 사람의 기초체력과 의지력을 가늠하려면 손을 단단히 맞잡는 게 가장 확실한 방법이다.

사장은 살짝 고개를 기울이며 코구마가 내민 손을 신기한 듯이 보고 한번 끄덕이더니 손을 내밀어 코구마와 악수했다. 그녀에 대해 조금 알 수 있었다. 먼저 손바닥은 첫눈에 손을 집어넣은 것처럼 차가웠다.

이어서 사장은 책상 위에 미리 준비해둔 명함을 내밀었다. 코구마도 조금 망설이다 우키야의 회사에서 만들어준 명함을 내밀었다. 이미 회사 소속은 아니지만 우키야와는 아직 지난번 일 같은 계약 없는 암묵적 이해에 의한 제휴 관계가 이어지고 있는 듯, 우키야는 지금도 명함 떨어지지 않았어? 하고 메시지를 보내온다.

사장에게 받은 관공서 같은 무미건조한 명함을 보았다. 이름은 아시모 사토라고 했다.

그리고 코구마가 전혀 예상치 못한, 경악스럽다고 해도 좋을 사건이 일어났다.

아시모라는 이름의 사장은 명함을 슬쩍 보고 코구마의 풀네임을 막힘없이 읽었다.

읽기 힘든 코구마의 성을 코구마가 알려주지 않고 올바르게 읽은 사람은 지금까지 한손가락에 꼽을 정도밖에 없다.

조금 기가 죽은 코구마는 상대가 자신의 성을 읽지 못했을 때 늘 하는 말인 "코구마라고 부르셔도 돼요"라고 대답하는 수밖에 없었다.

아시모 사장은 조금 전에 악수하려고 손을 내밀었을 때처럼 살짝 고개를 갸웃하고 검은색이 옅어 갈색이 도는 눈동자로 코구마를 보았다. 코구마는 사람이 맨몸으로는 살 수 없는 설산에서 여우나 사슴을 맞닥뜨렸을 때 왜 인간이 여기 있지? 같은 표정으로 쳐다보던 것을 떠올렸다.

이미 이 사장에게는 자신의 증조부가 데릴사위로 들어간 증조모의 가계, 아일랜드 혈통임을 나타내는 성으로 불려도 괜찮을 것 같다고 생각했을 때, 사장이 헤이즐브라운 눈동자로 코구마를 보며 말했다.

"코구마 씨."

또다시 귀에 눈이 내렸다.

(26) 눈

아시모라는 눈처럼 희고 차가운 사장은 책상 너머로 코구마를 보고 자기 옆 자리를 손바닥으로 가리켰다.

코구마는 이런 사람을 영화에서 본 적이 있다. 80년대 정도의 할리우드 영화로 종종 악역으로 나오는 소련군 대령이다. 당시의 고객층이 그렇게 표현하기를 원했는지 그들은 틀에 찍은 것처럼 차갑고 빈틈없고, 그리고 악랄했다.

"우리 회사 업무에 대해 자료를 보면서 설명할게요. 이쪽에 앉으세요."

아시모 사장은 우키야라면 마음이 통하는 관계라서 그런지 의자를 가리키는 동작만으로 끝내는 전달을 모두 입으로 설명했다. 명료하고 알기 쉽고 오해와 곡해가 끼어들 여지를 주지 않았다. 목소리에서는 어떤 감정도 느껴지지 않았다.

보통 입사 면접이라고 하면 책상을 사이에 두고 마주앉아 이야기한다고 생각했던 코구마는 조금 망설였다. 설마 대낮에 사장실에서 눈처럼 차갑고 아마 만나는 남성도 같은 인상을 받을 여사장에게 특별한 서비스를 강요당하는 게 아닐까.

코구마는 순간 방을 둘러보았다. 다다미 12장 크기의 방은 다다미를 옆으로 한 장 반 이어서 깐 크기의 거대한 책상과 컴퓨터만 있고 개인 물건으로 여겨지는 물건이 하나도 보이지 않았다.

즉 순간적으로 잡아서 무기로 쓸 만한 물건이라고는 나무 옷걸이는커녕 볼펜조차 보이지 않았다. 등 뒤의 창문은 1층 천장이 높아서인지 일반적인 건물 3층 정도의 높이는 되었다. 육상자위대 제1공정단이라면 맨몸으로 뛰어내릴 수 있겠지만 아쉽게도 코구마는 강하훈련 같은 걸 받아본 적이 없으므로 유리를 깨고 뛰어내리면 얼마 전에 간신히 뼈가 붙은 다리가 다시 부러질지도 모른다. 사고로 인한 골절 입원을 끝내고 퇴원한 직후에 다시 사고를 내고 골절된 사쿠라이의 전철을 밟게 된다.

다시 말해, 도망가지도 못하고 거부하지도 못하는 상황이다. 상대가 다른 타입의 사람이라면 이상한 곳에 앉으라고 하는 저의가 뭔지 따지고 싶은 상황이지만 코구마는 결국 잠시 고민하다 얌전히 길쭉한 책상을 돌아가 시키는 대로 의자에 앉았다.

눈처럼 하얀 이 사장은 악수했을 때의 악력으로 짐작컨대 코구마의 힘으로 제압할 수는 있어 보이니 문제는 없을 것이다. 그 차가움에 동사하지 않으면 말이지만, 눈의 무서움과 아름다움에 대해서는 도쿄 사람보다 잘 알고 있다.

코구마는 의자가 조금 딱딱해서 편하게 앉기는 힘들지만 몸을 자연스럽게 업무하기 적합한 위치에 유지시켜주는 카이퍼 레카로 의자에 앉았다. 같은 모델의 의자에 앉은 사장은 모니터 하나를 가리키며 설명했다. 업무용 컴퓨터에 흔히 보이는, 모니터 주변에 붙여 놓은 잡다한 메모지는 하나도 보이지 않았다. 메모가 필요

없는 타입인가 보다.

"우리 업무는 법인이나 개인이 의뢰한 소형 물품을 오토바이나 핸드캐리로 배달하는데 일반적인 택배회사보다 단시간에 배달하는 거예요."

일일이 설명하지 않아도 코후쇼와에서 하던 일과 똑같은 내용이었다. 다만 우키야가 코구마에게 의뢰하는 일은 종종 평범한 퀵서비스 라이더는 불가능한 일이라는 단서가 붙는다. 코구마는 여기서도 그 정도 레벨의 일과 상응하는 보수를 기대했고, 이제 와서 평범한 라이더도 가능한 일을 해야 한다면 이 회사와 경영자는 자신의 비즈니스 파트너로 부적합하다고 판단할 생각이었다.

아시모 사장은 불필요한 말은 일절 하지 않고 설명을 이어갔다.

"업무 수주 범위는 도쿄 도하 및 그 인근 현 일부, 무사시노라고 불리는 지역입니다."

아시모는 이어서 도쿄도 지도를 화면에 띄웠다. 코구마가 사는 마치다를 포함한 도쿄 서부의 시부였다. 23구는 범위 밖인지 표시된 지도는 세타가야구와 오타구 일부 지역으로 잘려 있었다.

코구마는 야마나시에서 마치다로 이사한 지 얼마 안 되지만 시간만 있으면 커브로 여기저기 달렸으므로 무사시노의 도로를 어느 정도는 알고 있다. 주요한 가도만 기억하면 문제없이 일을 할 수 있을 것 같았다. 간선도로 사이를 그물망처럼 연결하는 샛길과 생활도로는 내비게이션 기능을 병용하면 문제없을 것이다.

구체적인 업무 내용으로 이야기가 넘어가기 전에 코구마는 자신이 퀵서비스 일을 할 때 가장 중요하게 여기는 부분을 물었다.

옆에 앉은 아시모에게 시선으로 질문 허락을 구했다. 아시모가 또 고개를 살짝 갸웃했다. 의미를 모르는 게 아니라 시선으로 전한 뜻을 말로 보증하지 않으면 움직이지 않는 사람이라는 걸 알 수 있었다.

"한 가지 확인하고 싶은 게 있어요. 이후의 설명을 이해하고 질문에 답하기 전에 전제가 될 정보가 필요해요."

아시모는 살짝 끄덕이고 그걸로 충분한데 굳이 말로 전했다.

"물어봐요."

코구마는 사람과 사람 사이의 정보와 감정 전달에 독자적인 프로토콜을 가진 이 사장에게 흥미가 생겼다. 일단 확인해야 할 사항을 물어보았다.

"저는 뭘 타게 되죠? 회사에서 대여해주는 오토바이 종류를 알려주세요."

아시모는 끄덕이고 마우스를 잡더니 군더더기 없는 동작으로 사진 파일을 띄웠다. 그것을 본 코구마는 바로 대답했다.

"이건 안 돼요."

코구마의 눈앞에 비친 것은 커브였다.

코구마가 타는 슈퍼커브와 같은 계통의 최신 모델.

혼다 헌터커브 CT125였다.

(27) P.A.S.S

코구마가 여기 오기 전에 집에서 미리 알아본 바에 따르면 이 운송회사의 사명은 P.A.S.S라고 했다.

뭔가의 이니셜인 것 같았는데 그게 뭔지는 잊어버렸다. 코구마는 이 회사의 웹사이트가 더 흥미로웠다.

직원들이 가족 같은 분위기에서 일하는 모습을 찍은 사진도 없고 쾌활하게 고객을 응대하는 모습도 없었다. 오직 회사의 소재지와 업무 내용, 수주 시의 참고 단가와 직원 급여 시스템이 명쾌하게 적혀 있었다. 이 회사에 발주하거나 취직하고 싶을 때 필요한 정보에 신속하게 접근이 가능하다거나 조금이라도 전문성이 높은 용어에는 반드시 주석이 달려 있고, 창을 열 때 쓸데없이 느려지는 시시한 동영상도 없었다.

적어도 코구마는 지금까지 여러 기업 사이트와 팸플릿에서 봐온 것처럼 사장이 환하게 웃는 초상 사진이 없는 기업 안내는 처음 보았다. 우키야조차 자사 사이트에는 잘 차려 입은 어린이 같은 새초롬한 얼굴을 올려두었고, 사쿠라이네 성당에서는 소속 수녀들의 얼굴과 체형을 강조하는 여름용 수도복 차림의 늘씬한 몸매를 성당 상품 견본처럼 자랑하듯 올려두었다.

나중에 실제로 회사를 방문해서 사장과 면담하고 그 사람의 됨됨이를 조금 알게 되니 그렇구나 하고 끄덕여지는 내용이었지만,

그렇기 때문에 코구마는 지금 명확하게 해두어야 할 일이 있다.

"헌터커브는 퀵서비스 일에 못 써요. 저는 같은 엔진인 C125를 타봤는데 아주 뛰어난 바이크지만 치명적인 결함이 있어요."

아시모는 짜증스러움도 호기심도 드러나지 않고 입력에 대한 적절한 대답을 기계가 선택한 듯한 목소리로 말했다.

"어떤 결함이죠?"

이 명료하고 분명하지만 바이크에 대해, 특히 실제로 운용할 때 일어날 수 있는 일을 얼마나 아는지 모를 사장에게 코구마는 바로 대답했다.

"원동기2종은 고속도로, 자동차 전용도로를 주행할 수 없어요."

아시모는 이번에도 기계적으로 응대했다.

"우리 회사의 업무 내용과 그 범위에서 바이크로 고속도로를 타는 상황은 거의 발생하지 않아요. 차량 유지 운용 비용 및 종사 가능한 면허 소지자가 많은 점 등 종합적인 요소로 볼 때 원동기 2종으로 운영하는 게 최선이라고 판단했어요."

코구마는 고개를 가로저었다. 이 눈처럼 차가운 사장은 퀵서비스 현장을 얼마나 알까. 무사시노 지도가 표시된 화면에 손을 댔다. 코구마는 화면 옆 홀더에서 터치펜을 멋대로 꺼내어 지도 안의 한 점을 가리켰다. 어디든 상관없었지만 지리를 잘 알아 설명하기 쉬운 마치다 북부를 가리켰다. 이어서 도쿄 도내의 적당한 곳을 가리켰다. 23구 끝이다. 몇 번인가 가본 적 있는 후타코타마가와다.

“만약 이 마치다에서 물품을 수령해 이 후타코타마가와에 배달하는 일을 받았다고 쳐요. 일반도로로 갈 수는 있지만 토메이고속도로를 타면 10분은 단축할 수 있어요. 시간 문제 뿐 아니라 여러 선택지가 있는 게 중요해요. 원동기 2종으로는 아무리 비용을 낮춰 요금과 급여를 덤핑해도 경쟁사에는 절대 이길 수 없어요. 보통2륜면허와의 혼합 운용이 필요해요.”

아시모는 손을 뻗어 키보드로 몇 가지를 조작했다. 구글 같은 인터넷 지도처럼 경로를 표시하는 기능이 있는 것 같았다. 화면에 표시된 경로와 시간은 거의 코구마가 말한 내용대로였다. 고속도로를 이용하면 대략 45분. 낮에 나름 교통량이 있는 일반도로를 이용하면 55분. 후타코타마가와에 사는 시이라면 타마가와강의 얕은 여울을 리틀 커브로 돌파해 조금 더 빨리 올 수 있을지도 모른다.

그러더니 아시모는 또 다시 키보드를 두드렸다. 과장스럽게 엔터키를 두드리는 동작은 하지 않았다. 옛날 군대에선 총 방아쇠를 당길 때는 ‘어두운 밤에 서리가 내리듯’이 하라고 교육했다고 하는데 코구마는 키보드에 눈이 내리는 모습을 보는 기분이었다.

바이크, 자동차 관련 주요 어플이라면 대체로 아는 코구마도 본 적 없는, 눈 결정 같은 아이콘이 마우스 클릭보다 빠른 키보드 조작으로 열렸다. 화면 전체가 순간 하얗게 뒤덮였다. 코구마는 이 화면에 표시될 아시모 사장의 대답을 뒤덮듯이 말했다.

"저는 이 회사의 분위기에 호감을 느껴요. 만약 사장님만 괜찮으시다면 제가 아는 곳을 통해 250cc 바이크를 리스할 수 있어요. 그걸로 업무를 할 수 있게 해주신다면요."

코구마의 건방진 발언이 끝나기를 기다렸다가 사장이 화면을 손으로 가리키며 말했다.

"이걸 보세요."

조금 전까지 표시되어 있던 바이크로 일반도로를 주행할 때의 최적 경로가 색깔도 루트도 다른 표시로 바뀌어 있었다.

마치다에서 타마가와를 따라 달리는 일반도로 루트에서 곧바로 남하해 덴엔토시선 나가츠타역에 도착하는 루트다. 거기서 경로 표시 색깔은 파란색에서 노란색으로 바뀌었고 선로 위에 그려진 루트는 후타코타마가와역으로 이어졌다. 역에서 내리면 시이가 사는 저층 아파트까지 걸어서 3분이다.

도착 시간은 바이크로 고속도로를 달리는 것보다 10분 빠른 35분. 급행을 이용하면 더 단축된다.

표시를 보고 대충 짐작한 코구마에게 아시모는 일일이 설명했다.

"예를 들어 마치다시 북부에 있는 종합장례식장 부근에서 물품을 수령한 경우, 우리 회사의 바이크 배달원은 덴엔토시선의 가장 가까운 역인 나가츠타역까지 물품을 배달합니다. 그리고 나가츠타역에서 회사의 핸드캐리 배달원에게 물품을 패스하고 전철로 배달할 곳에서 가장 가까운 역까지 이동해 도착하면 회사의 바이크 배달원, 또는 제휴한 수송회사 자전거 배달원에게 넘겨요."

나가츠타역에서는 코구마네 집과 가까운 코도모노쿠니역까지 제3종 철도인 코도모노쿠니선이 이어져 있는데, 반쯤 관광전철이라서 운행 시간이 드문드문해 코도모노쿠니역에서 나가츠타역까지는 커브가 더 빠르다는 것을 코구마 스스로 이미 확인했다. 즉, 이 정체를 알 수 없는 어플은 공공기관 특유의 대기 시간에 의한 손실도 고려해 수치를 계산해 표시했다.

사장이 설명한 방법은 코구마도 알고 있었다. 회사끼리 연합해 여러 배달원이 연계하며 물품을 배달하는 방식이다. 회사에 따라 활동 영역이 다른 자전거 배달 등에서 이런 물품 릴레이를 곧잘 볼 수 있다. 다만 코구마가 예전에 살던 야마나시에서는 거의 사용되지 않았다. 코구마는 마치다에서 후타코타마가와까지의 배달을 예로 들었지만 도심부 배달이라면 지하철과 자동차만큼은 아니라고 해도 도로 상황의 제약을 받는 바이크와의 시간차가 명백할 것이다. 그 연계 방식이 잘 기능한다면 말이지만.

코구마는 한 번 더 지도를 보았다. 코구마가 중형 바이크가 유리하다고 보는 근거인 고속도로는 무사시노를 횡단하는 추오자동차도와 끄트머리를 지나는 토메이고속도로 두 개뿐이다. 한편 철도 노선은 동서로 횡단하는 여러 루트가 있고 그에 비해 적지만 남북으로 종단하는 철도와 모노레일도 있다. 한편 코구마가 일했던 야마나시에는 철도노선이 네 개밖에 없었다. 그래도 도쿄에서 살면 집이나 직장에서 역까지의 길은 도보나 버스로 꽤나 시간을 잡아먹지만 그 시간을 바이크로 단축한다는 운용 방식은 급송이라는 가장 중요한 목적을 고려하면 그 무엇보다 효율적인지도 모른다. 만약 철도 수송을 하는 핸드캐리 요원과의 연계가 어렵다고 예상될 때는 수주 불가로 판단하고 의뢰를 수락하지 않고 처음부터 거절하는 게 효율이 좋고 연계 트러블로 배달 사고가 발생했을 때는 회사 또는 회사가 가입한 보험회사가 보상금을 지불하는 게 전체적인 비용이 적게 든다.

이 사장이 회사를 P.A.S.S라고 이름 지은 것도 그래서라고 생각했다.

뭔가 생각하면 할수록 자신보다 이 사장의 방식이 옳다는 걸 알았다. 정론과 눈은 하늘에서 내려오지만 사실과 쌓인 눈은 길 곳곳에서 기다리고 있다. 세상의 규칙이 그런 것처럼 희고 차가운 눈에서는 도망칠 수 없다. 코구마는 사장에게 패배를 인정했다.

"제가 잘못 생각했던 것 같습니다. 사장님의 방식이 가장 합리적이에요."

역시 아시모의 동작과 말투에서는 이겼다고 좋아하거나 설명하느라 지쳤다는 기색은 전혀 보이지 않았다. 다시 키보드를 눈이 내리듯 조작해 화면에 다음 설명 내용을 표시했다.

"이건 고용계약서예요."

아시모가 계약서 서면, 내용에 대해 얼버무리거나 속이는 것 일절 없이 꼼꼼하게 설명했다. 그동안 아시모는 아무것도 마시지 않고 아무것도 먹지 않았다. 책상에는 머그컵조차 없었다. 코구마는 눈앞의 새하얀 사장이 숨은 쉬고 심장은 뛰는지 걱정이 되었다. 갑자기 하얀 눈을 입에 넣고 입안에서 녹이고 싶어졌다.

설명을 마친 뒤 아시모는 코구마에게 물었다.

"지금 계약서에 사인하시겠어요?"

도장을 찍는 형식이 아니라 전자서류 계약서와 생체인증을 통한 날인 방식이었다. 코구마는 도장을 항상 가슴 호주머니에 넣고 다니고 지문인증을 하는 손가락, 발가락도 스무 개 정도 달고 있지만 일단 형식적으로 조금 고민하는 척하고 대답했다.

"내일까지 기다려주실 수 있나요?"

아시모는 치과 예약처럼 "알겠습니다" 하고 대답했다. 여기서 아시모가 계약자에게 불리한 내용을 상대가 발견하기 전에 빨리 도장을 찍으라고 다그치는 사람이라면 코구마는 더 빨리 자리를 박차고 나갔을 것이다.

"내일, 오늘 약속과 똑같은 시간인 12시에 여기서 대답을 들을게요."

코구마는 끄덕이고 그걸로 충분하다고 생각했지만 일부러 "알겠습니다. 내일 정오에 다시 방문하겠습니다" 하고 구두로 확인했다.

이 사장의 버릇이 조금 옮았는지도 모른다.

(28) 맥아우유

면접을 마친 코구마는 커브로 집으로 돌아오는 도중에 대학교에 들렀다.

오늘은 딱히 들을 수업이 없지만 학생과에서 수령해야 하는 서류가 몇 통 있었다.

이런 것이야말로 메신저로 보내주면 좋을 텐데. 관공서에서는 이미 그렇게 할 거라고 생각했지만 그렇기 때문에 퀵서비스라는 일이 존재하는 거라고 수긍했다.

퀵서비스로 세상을 뒤집을 만한 물건을 배달하는 경우는 별로 없다. 대다수는 이런 시시한 물품을 배달하며 일당 벌이를 한다. 코구마는 조금 전의 면접 때 아시모에게 들은 이야기를 떠올렸다. 이 서류도 대학교에서 코구마의 집으로 급하게 보내야 하는 때가 온다면 퀵서비스에 의뢰하는 것보다 대학교에서 버스를 타고 버스 정류장에서 걸어서 집까지 배달하러 오는 게 위험부담도 비용도 적지 않을까. 물론 속도라면 노선버스와는 비교가 안 될 만큼 바이크가 빠르지만.

결국 코구마가 보는 앞에서 아무것도 섭취하지 않았던 아시모는 코구마에게도 커피 한 잔조차 내주지 않았다. 어딘가의 카페에라도 들를까 싶었지만 아직 구직 중인 몸이라 가벼운 마음으로 외식하기는 꺼려졌다. 쿠로히메에서의 의뢰로 상당한 금액을 벌었지만 나중에 입금된다. 그렇다고 편의점 커피로는 어쩐지 아쉽다. 자신의 쓸쓸한 처지를 실감하며 단가가 싼 수준 낮은 일에 뛰어들게 될지도 모른다.

이것저것 고민한 결과, 망설여질 때는 경험상 가장 좋은 결과로 이어지는 경우가 많은 절충안을 따라 대학교 뒤쪽에 있는 카페테리아 식당으로 향했다.

대학교 중앙동 1층을 차지하고 학생과 직원의 배를 저렴하게 채워주는 공제식당과는 따로 만들어진, 목조로 된 실내가 따뜻한 분위기를 자아내는 아담한 학생 식당이다. 오후의 이 시간이라면 그렇게 붐비지 않을 것이다.

코구마가 식당에 들어서자 강의가 끝난 학생과 직원들로 나름 자리가 차 있었지만 바깥 풍경이 한눈에 보이는 카운터에 빈 자리가 있었다. 끝자리에 앉아 꽤나 오래 기다린 끝에 노란 프린트 드레스에 앞치마를 한 종업원이 왔다.

며칠 전 타케치요와 여기서 점심을 먹었을 때 코구마와 타케치요의, 보는 사람에 따라서는 사이가 좋아 보이기도 하는 모습을 목격한 뒤로 코구마를 상당히 싫어하는 듯한 종업원에게 맥아우유 초콜릿맛 라지를 주문했다.

태블릿에 코구마의 주문을 입력한 종업원은 코구마를 흘긋 노려보고 떠났다. 어쩌면 이 종업원은 그런 표정을 지을 때가 가짜 미소를 짓는 것보다 매력적인지도 모른다.

맥아와 카카오를 수확하러 대체 어디까지 갔을까 싶을 만큼 기다린 끝에 주문한 음료가 나왔다. 종업원은 카운터에 맥아우유를 탁 놓고 태블릿에서 프린트된 주문서를 눈앞에 놓았다. 그리고 말과 행동이 전혀 일치하지 않는 "편한 시간 보내세요"라는 말과 함께 걸어갔다.

아마도 이곳은 두 번 다시 오고 싶지 않은 곳이 아니라 멀리 떨어진 지역에 여행을 떠났을 때 그녀의 무뚝뚝함이 그리워지는 곳이라는 생각이 들었다. 코구마는 멋진 엉덩이를 흔들며 걸어가는 종업원의 뒷모습을 보며 유리잔에 든 음료를 마셨다. 순간 이상한 반고체 물질이 목구멍으로 넘어와 걸렸다. 분말 인스턴트인 듯한 맥아우유는 제대로 젓지 않았는지 바닥에 덜 녹은 가루가 남아 있었다. 이런 곳에 다시는 오나 봐라.

잔에 같이 나온 평소에는 잘 쓰지 않는 빨대로 맥아우유를 저으며 마셨다. 코구마가 이 카페테리아를 선택한 이유는 대학교에 볼일이 있지만 가능하면 학교에서 마주치고 싶지 않은 사람이 있기 때문이다. 그 사람은 차를 마시기 위해 이 식당에 오지는 않는다. 조립식건물 부실에서 부원에게 차를 타오게 하든가 공제식당에서 셀프인 무료 보리차라도 마시고 있을 것이다.

"옆에 앉아도 돼?"

그렇다, 바로 이 여자다.

코구마는 접근하는 기척도 전혀 못 느꼈는데 카운터 옆 자리에 타케치요가 소리도 없이 앉았다. 평소와 다름없이 검고 긴 드레스를 입었다. 소재는 달랐는데 오늘은 인도네시아풍인 바틱이라고 하는 복잡한 무늬가 염색된 무명천이다. 어디서 훔쳐왔을까. 아니면 무덤이라도 파서 벗겨온 걸까.

조금 전의 종업원이 마치 인라인스케이트라도 신은 속도로 다가왔다. 타케치요는 코구마의 잔을 손바닥으로 가리키며 종업원에게 말했다.

"이 음료의 바닐라 맛을 평소처럼 타줘요."

종업원은 조금 전과는 다른 사람처럼 환한 미소를 지으며 주문을 받더니 최우선으로 주문을 넣으려고 세미오픈 주방으로 재빨리 걸어갔다. 자신을 대할 때와 태도가 다르다고 해서 불쾌하지는 않았다. 그 통명스러운 얼굴이 나만의 것이라고 생각하면 나쁘지 않았다.

마치 식당 안에 보리밭과 바닐라빈 나무라도 있나 싶을 정도의 속도로 타케치요가 주문한 음료가 나왔다. 한 모금 마시고 타케치요가 끄덕이자 종업원은 가슴 앞에서 쟁반을 끌어안으며 수줍은 미소를 보이더니 "추가 주문이 있으면 언제든지 말씀해 주세요" 하고 말했다. 코구마에게는 여전히 흘겨보는 시선을 보내고 아쉬운 듯이 걸어갔다.

뭔가 말하기 전에 타케치요가 맥아우유를 한 모금 마셨다. 코구마는 가능하면 그 무엇인가를 듣고 싶지 않았지만 타케치요는 할 말이 없을 때는 다가오지 않는다.

라지 유리잔을 만지작거리던 타케치요는 그녀가 가진 가장 큰 무기인 말을 코구마를 노리고 할 기회를 엿보는 듯이 보였는데 갑자기 코구마의 잔을 보고 손끝으로 튕겼다.

"그거 섞었어?"

코구마가 무슨 뜻인지 몰라서 타케치요의 얼굴을 보자 타케치요는 코구마의 잔을 다시 손끝으로 튕기며 말했다.

"몰트밀크는 다 섞지 않고 녹다 만 덩어리를 남겨두는 게 더 맛있어. 나는 언제나 그렇게 타달라고 해."

코구마는 시선을 느끼고 돌아보았다. 계속 코구마를 보고 있었던 듯한 조금 전의 종업원과 눈이 마주쳤다.

노란 프린트 드레스가 어울리는 빨간 머리에 체구가 작고 조금 동글동글한 체형의 종업원은 흥 하고 고개를 옆으로 돌리고는 종종걸음으로 멀어졌다.

머리 색깔이 물들었는지 귀가 조금 빨갰다.

(29) 정신 차려

그것이 타케치요가 상대의 심리적 장벽을 허물 때 쓰는 상투적인 수법인지 그녀는 갑자기 본론을 꺼냈다.

"쿠로히메에서의 일, 고생 많았어. 소문은 나도 들었어."

성실하게 응대해서 상대에게 신뢰를 얻는 게 아니라 상대에게 저항할 마음을 잃게 만드는 화법이다. 이 정체 모를 여자의 손바닥 위에서 벗어나려면 대화의 주도권을 되찾아야 한다.

"선배가 과일이나 디저트를 즐긴다니 의외네요."

코구마가 아는 한 타케치요가 디저트를 스스로 찾아 먹는 모습은 본 적이 없다. 다만 그 과일에 높은 가격 높은 이윤이라는, 그녀가 가장 좋아하는 것이 곁들여져 있다면 이야기가 달라진다. 다음에 그 가게에 갈 때 이 여자가 가게에 오면 멜론파르페에 1만 엔짜리 지폐를 잘라서 뿌려주면 아주 좋아할 거라고 알려줘야겠다고 생각했다.

타케치요가 또다시 사람을 놀리는 대답을 하기 전에 처음 말에 대한 대답만 했다.

"덕분에 꽤 벌었죠."

코구마는 그 말만 하고 얼마 남지 않은 초콜릿맛 맥아우유의 마지막 한 모금을 마셨다. 맛도 식감도 균일해서 의외성과 풍미의 변화가 없었다. 타케치요가 그러듯이 멍울이나 가라앉은 부분을 남기고 섞지 않은 채 마시는 게 나았을지도 모르겠다. 시이가 에스프레소는 바닥에 녹지 않고 남은 설탕을 마지막에 먹는 게 현지 방식이라고 했던 게 떠올랐다.

"오늘 면접은 어땠어? 그건 코구마의 기준에 맞는 일이었어?"

적어도 이 여자에게는 듣고 싶지 않은 질문이었다. 타케치요는 어디에도 고용되지 않고 누구의 지시도 받지 않고 오직 자신의 재주와 능력으로 돈을 번다. 코구마는 그러고 싶어도 그렇게 될 수 없었다. 그렇게 되지 않았다고 해야 할까. 쿠로히메에서의 일은 틀림없이 코구마만이 할 수 있는 일이었다. 그리고 지금은 그 아시모라는 사장 밑에서 일을 할지 말지 결단을 망설이고 있다.

코구마는 빈 잔을 밀어냈다. 주문서를 뽑으려고 카운터 위의 홀더를 보자 타케치요가 어느 틈엔가 자기 앞에 있는 홀더에 꽂아두었다.

조금 전 빨간 머리 종업원이 바로 다가와 여전히 퉁명스러운 얼굴로 성가신 존재를 내쫓듯이 잔을 정리했다. 음식을 받고 정리하는 것도 셀프 서비스임을 의미하는 카페테리아의 이름과 반대되는 서비스지만 이 가게는 예전에 이 대학 명칭이 변경되었을 때 증축되었다고 한다. 대학교가 옛 이름이었을 무렵에는 셀프 스탠드 형식이었고, 종업원이 서비스하는 방식으로 바뀐 뒤로도 모두가 그렇게 부르기 때문에 카페테리아라는 이름으로 통한다.

잔을 회수한 종업원은 카운터를 대충 닦았다. 허리는 제법 가늘지만 볼륨 있는 체형인 종업원의 내면을 조금 알고 싶어진 코구마는 이쪽을 거들떠보지도 않는 그녀의 옆얼굴에 입술을 가져다대고 말했다.

"몰트우유 초콜릿, 맛있었어요. 다음에는 섞지 않고 마셔볼게요."

그녀는 고개를 돌리고 코구마를 노려보며 말했다.

"제대로 그렇게 주문해 주세요."

그리고 화난 듯도 하고 짜증난 듯도 한 복잡한 표정을 지으며 말했다.

"당신이 타케치요 언니의 소중한 사람이라면 더 정신 똑바로 차리세요."

그녀는 잔을 들고 조금 힘을 주어 발을 꾹꾹 디디는 걸음으로 마지막까지 웃는 얼굴 한번 보여주지 않고 떠났다.

이쪽도 매일 정신 똑바로 차리고 살려고 노력 중이다. 그렇기 때문에 자신의 스타일을 고수하며 성실하게 일하는 종업원이 갖다 주는 몰트우유 초콜릿을 마시러 왔다.

틀림없이 다음에 또 올 것이다.

코구마는 자리에서 일어나 등을 펴며 타케치요에게 말했다.

"일하는 곳에서 멜론을 받았는데 혼자서 먹기에는 너무 커요."

타케치요는 바닐라맛 몰트우유를 마시며 "그래?"라고만 말했다.

그날 저녁. 시간은 어중간했지만 일몰 시간과는 1분의 오차도 없는 시각에 코구마의 집 앞에 타케치요의 소형 밴이 멈췄다.

코구마는 소형 벤에서 내리는 타케치요와 하루메를 창밖으로 보며 콧방귀를 뀌었다. 그리고 세 명이 먹을 저녁의 마지막 접시를 바카운터에 차렸다.

그녀는 틀림없이 하루메와 함께 일몰에 찾아온다. 상대의 행동을 예측하는 것이 정신적 우위를 갖는 코구마 나름의 방법이다. 오늘 저녁에는 타케치요라는 여자를 조금 더 알아보고 더 정확한 예측을 할 수 있으면 좋겠다.

(30) 블랙 부쉬밀

이상한 도구로 현관문을 따고 들어오면 참을 수 없으므로 코구마는 현관문을 열고 두 사람을 들였다.

평소와 다르지 않은 검은 드레스 차림의 타케치요가 서 있었다. 타케치요가 직접 만든 옷이라는 점도 평소와 똑같다. 집 한 채를 살 수 있는 가격의 상복이나, 어느 나라의 왕족이 수명이 얼마 안 남은 상황에서 마지막 임무로 참석한 의례를 위해 지은 민족의상 등 타케치요는 언제나 최고급 소재를 입었고 하나같이 죽음의 냄새가 난다. 지금 입은 벨벳 원피스 드레스도 누군가의 유해에 입혀졌던 옷일 것이다.

타케치요는 지금까지 몇 번인가 코구마의 집에 왔을 때 그랬던 것처럼 선물을 가지고 왔다.

부쉬밀 아이리시 위스키 블랙 라벨.

쿠로히메 마을에서 나눈 대화를 타케치요는 이미 아는지 아니면 자신에게 증조모 대에 아일랜드인의 피가 섞인 것을 이미 조사해 뒀는지도 모른다. 적어도 우연의 일치는 아니다. 타케치요라는 여자는 모든 것이 필연적인 행동으로 이루어져 있다. 절대로 무작위의 행운에 기대지 않는다.

"저는 못 마셔요. 아직 열여덟 살이라서."

코구마는 병을 다시 밀어내려고 했지만, 타케치요는 일본 술집에서도 파는 부쉬밀과는 도수도 풍미도 다르고 아일랜드 밖으로는 절대로 수출되지 않는 부쉬밀 도메스틱 위스키를 내밀면서 말했다.

"코구마가 못 마시는 건 온더락이나 스트레이트잖아? 하지만 커피에 풍미를 더하는 정도라면 코구마도 좋아할 것 같은데?"

코구마는 두 손을 들었다. 이 여자에게 숨기는 건 의미가 없다. 타케치요는 오늘 자기 집으로 부른 이유는 물론 코구마가 고등학교 때 즐겨 마셨던 것조차 알고 있었다.

코구마는 술병을 받아들지는 않았지만 타케치요가 곧바로 신발을 벗고 멋대로 안으로 들어와 바카운터 뒤쪽 선반에 부쉬밀을 두어도 내버려두었다.

공백이 많은 술병 선반에는 그밖에 시이가 가지고 온 카츠누마산 그라파 병이 하나 놓여 있다. 둥글고 투명한 우치다 그라파 유리병과 일본 위스키병보다 어깨가 조금 높은 부쉬밀 병이 나란히 있는 모습은 나쁘지 않았다. 만약 언젠가 자신이 너무나도 오랫동안 여기서 고독하게 지내는 바람에 자신을 얽매는 법률과 도덕이 진심으로 아무래도 상관없다고 생각이 든다면 이 선반에서 부쉬밀 병을 꺼내서 병에 입을 대고 꿀꺽꿀꺽 마시는 정도는 할지도 모른다. 그렇게라도 하지 않으면 안 그래도 기억에서 점점 사라지는 자기 조상의 모국의 존재조차 떠올리지 못하게 될 것이다. 시시한 법을 우선해서 자신의 피에 새겨진 기억을 잃는 것은 유쾌하지 않다.

코구마는 현관 입구에서 안의 모습을 살피며 코구마가 들어오라고 하기를 기다리는 하루메를 잡아당겼다. 그녀도 평소와 다름없는 연두색 튜닉을 입고 있었다. 중간에 걸려서 넘어질 뻔했지만 안전화 발끝으로 디디며 멈춰 섰다. 커브를 탈 때 같다는 생각이 들었다. 그리고 커브를 타는 기술은 하루메가 코구마를 훨씬 웃돌았다.

코구마는 타케치요와 하루메에게 카운터 앞에 놓인 스툴을 손으로 가리켰다. 두 사람이 허락을 받고 앉은 뒤 자신은 주방 쪽으로 옮긴 스툴에 앉았다.

오늘은 일단 호스트였기 때문에 두 사람에게 식사를 대접해야 한다. 코구마가 히노키 판으로 직접 만든, 폭도 길이도 충분한 바카운터는 주방 쪽에서도 식사를 할 수 있다.

차게 식힌 탄산수를 타케치요와 하루메, 그리고 자신의 잔에 따르고 형식적인 건배를 한 뒤 저녁 시간이 시작되었다.

코구마가 바카운터에 차린 음식은 연어스테이크였다.

왕연어 토막을 오븐에 굽고 케이퍼와 머스터드소스로 맛을 냈다.

솔직히 이 두 사람에게 내는 음식으로는 어제 산 냉동 원플레이트 디너 헝그리맨을 전자레인지에 데우기만 해줘도 충분할 것이다. 하지만 어쨌든 본국에서는 노동자층을 대상으로 나온 식사도 일본에서 사면 제법 가격이 비싸기 때문에, 더 싸게 들이려고 얼마 전에 같이 퀵서비스 일을 한 키요사토의 수녀 사쿠라이 요시에에게 메신저로 물어보았다. 그러자 하치오지에 있는 생선도매점을 소개해주었다. 계율 때문에 금요일에는 육류를 못 먹는 사쿠라이가 자주 여기서 생선을 산다고 했다.

사쿠라이는 "연어보다는 송어를 추천해"라고 말했다. 코구마가 "먹는 상대는 연어와 송어의 차이도 모르는 사람이야" 하고 대답하자 사쿠라이는 폭소 이모티콘을 연달아 보낸 뒤 코구마를 위해 도매 생선가게에 연락해 1파운드 연어를 세 토막 잘라달라고 부탁해 주었다. 시내의 생선가게보다 훨씬 싸고 신심 없는 사람들에게는 그걸로 충분할 것이다.

잘 먹겠습니다 라는 말과 함께 셋이서 저녁을 먹었다. 얇게 자른 감자를 라드에 튀기듯이 구운 알래스카풍 프라이드 포테이토와 양파 슬라이스 마리네를 곁들인 연어스테이크를 타케치요는 메스로 환부를 절제하는 손놀림으로 잘라 입에 넣었다. 백엔숍에서 산 테이블나이프도 타케치요가 쓰면 콘크리트를 절단하는 예리한 칼처럼 보인다.

연어를 한 조각 잘라 소스를 조금이라도 접시에 남기지 않겠다는 듯이 연어로 싹싹 닦아 한 입 먹을 때마다 곁들인 감자로 배를 불리며 짠돌이처럼 먹는 하루메는 450그램의 연어를 절반 정도 먹고 괴로운 듯 보였다. 그래도 아사 직전에 타케치요를 만났을 때보다 꽤나 잘 먹게 되었다고 한다. 코구마는 나중에 먹다 남긴 연어를 포장용 종이박스에 담아줘야겠다고 생각했다.

어찌 됐든 주방에서 이런저런 일을 해야 하는 코구마는 자기가 준비한 나이프를 무시하고 부드러운 연어를 오른손에 쥔 포크 하나로 먹었다. 사쿠라이가 인정한 곳답게 맛이 진하고 좋았다. 타케치요는 넉넉하게 자른 연어 덩어리를 한입 가득 넣는 코구마를 유쾌하게 웃으며 보았다. 하루메는 반대로 식욕이 떨어진 표정이었다.

연어로 차린 저녁이 끝나고 단가로는 오늘의 메인 요리라고도 할 수 있는 차가운 캔털루프 멜론을 꺼냈다. 자르기만 했고 생햄도 브랜디도 없었다. 그것들과의 상성은 기막히게 좋았지만 코구마는 자신이 한 업무의 성과라고도 할 수 있는 멜론을 두고 햄이나 브랜디가 맛있다는 말은 듣고 싶지 않았다.

타케치요도 하루메도 바로 얼마 전까지는 일본에서 생과로 먹을 수 없었던 당도가 아주 높은 멜론 맛에 감탄했다. 그리고 그것을 일본 국내 유통에 공헌한 사람이 자신이다. 코구마도 자신의 몫으로 4분의 1 정도 자른 멜론을 먹었다. 맛있었다. 틀림없이 혼자 먹을 때보다 훨씬 맛있을 것이다.

멜론을 먹으며 타케치요는 빈 잔을 내밀었다.

"하이볼 한 잔 줄래? 더블로."

타케치요는 조금 전에 자신이 가져온 부쉬밀 병을 봤지만 코구마는 탄산수병을 꺼내 위스키를 뺀 하이볼을 따라 타케치요 앞에 탁 놓았다.

일단은 소형 밴 운전을 해야 하는 타케치요에게 술을 먹여서 돌려보낼 수는 없고 집에서 자고 가는 건 절대로 싫었다. 마침 침구는 일본식 침실에 까는 이불 한 세트밖에 없다. 물론 타케치요는 소파나 바닥에서 자는 여자가 아니다.

이 집 주인인 자신이 자신의 잠자리를 확보하며 타케치요에게도 나름의 잠자리를 준비해 주려면 어떻게 해야 할까. 코구마는 순간 자신의 머리에 떠오른 광경을 되도록 멀리 버리듯 고개를 가로저었다.

타케치요의 의도는 안다. 그녀는 의도가 없는 말은 하지 않는다. 요컨대 맨 정신보다 아이리시 위스키의 도움을 빌리는 게 나은 종류의 이야기를 하려는 것이다.

코구마는 자신의 잔에 탄산수를 따르고 단숨에 마셨다. 탄산가스에는 알코올 정도는 아니지만 만취 효과가 있다고 한다.

잔을 내려놓고, 배가 부르자 꾸벅꾸벅 조는 하루메 앞에도 잠이 깨도록 레몬 슬라이스를 넣은 탄산수를 놓은 코구마는 지난 며칠 동안 자신이 한 일에 대해 이야기했다.

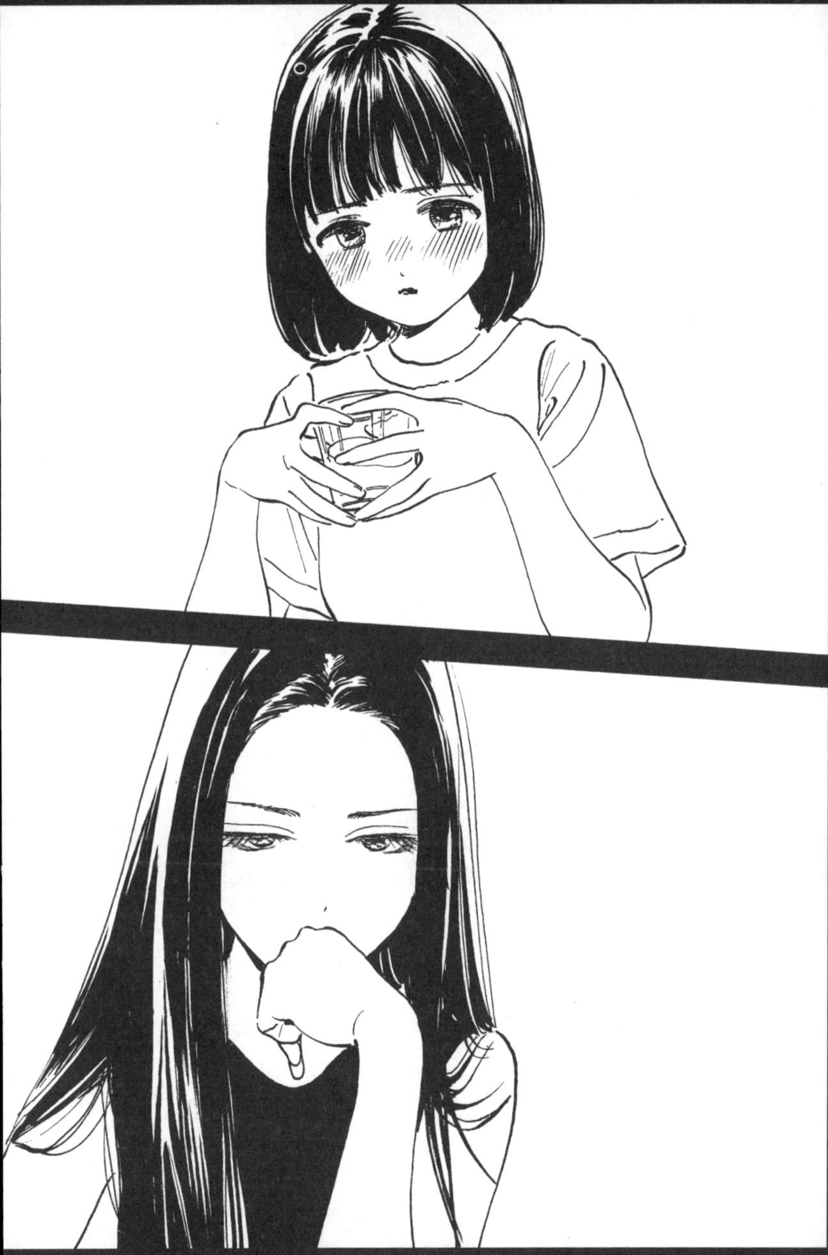

(31) 시스템

저녁에서 한밤중에 가까워진 시간이 되었다.

코구마는 백열등이 목조 벽과 광을 낸 마루를 부드럽게 비추는 집안 바에 앉아, 잔 안에서 터지는 탄산수 거품처럼 이야기했다. 쿠로히메에서 했던 일, 스카우트를 받고 오늘 면접을 보러 다녀온 P.A.S.S라는 운송회사, 아시모라는 기묘한 사장. 그리고 지금까지 자신이 종사한 퀵서비스라는 일에 대해서 이야기했다.

자신이 이렇게까지 남에게 이야기를 하고 싶었다는 게 신기했다. 누구든 상관없다고는 해도 들어줄 사람을 빠르게 찾아낸 부분에도 어떤 운명을 느꼈다.

타케치요는 전혀 끼어들지 않고 코구마의 목소리에 귀를 기울였다. 잔 너머로 코구마를 바라보았다. 역시 하이볼로 하는 게 나았다는 표정이다.

하루메는 꾸벅꾸벅 졸면서도 이야기는 듣는 것 같았다. 반쯤 자면서 반쯤 깨어 있는 버릇은 예전에 전단지를 돌리는 업무로 과중한 노동을 할 때 몸에 밴 습관일 것이다. 하루메가 편하게 잘 수 있는 밤은 틀림없이 아직 오지 않았다. 지금도 하루메는 자신을 혹사시키고 친구를 빼앗아간 커브를 타지 못한다. 코구마가 양도한 커브는 오직 집에 모셔두고 닦아주기만 하는 듯했다. 그것이 치유의 징후인지도 모르지만 절대로 낫지 않는 상처도 있다. 고통을 지울 수 없다면 고통을 자신의 일부로 받아들이고 살아가는 수밖에 없다.

이야기를 다 들은 타케치요는 손에 든 잔을 비우고 부쉬밀 병을 아쉬운 눈으로 보았다. 이제 좀 이야기를 제대로 들어주면 좋겠다고 생각한 코구마는 타케치요의 라지 잔을 빼앗아 탄산수를 한 잔 더 따랐다. 부쉬밀을 따서 탄산수 양과 술 양을 단순 퍼센트로 계산해 이 정도라면 법에 저촉되지 않고 운전 기능에 영향이 없다고 판단하고 호박색 액체를 티스푼으로 몇 숟가락 떨어뜨렸다. 이 정도로 걸린다면 에너지드링크를 마시고 운전하는 영업사원이나 트럭 기사는 모조리 체포되었을 것이다.

아직 그렇게 줄지 않은 하루메의 잔에도 탄산수를 더 부어주었다. 그다지 맛있어하지 않는 건 달지 않아서라고 생각한 코구마는 바카운터 아래 선반에서 각설탕 유리병을 꺼내 스푼에 세 개 정도 올려 설탕 전체에 스며들도록 그라파를 따랐다.

스트라이크 애니웨어라는, 아무데나 긁어 불을 붙일 수 있는 황화인 성냥으로 각설탕에 불을 붙여 알코올을 날려버린 뒤, 그라파의 푸른 불꽃을 불어서 끄고 표면이 조금 캬라멜화된 각설탕을 탄산수 안에 넣었다.

그라파 향이 나는 탄산수 잔을 하루메의 앞에 놓았다. 신문 배달 등을 할 때는 혹서기나 혹한기에 단 음료를 마시며 배달하는 사람이 많다고 들은 적이 있다. 이유를 물어보면 단순히 "안 마시면 죽어"라고 했다.

하루메는 달콤한 탄산수를 마시고 놀라지도 기뻐하지도 않고 그저 유리잔 바닥의 각설탕에서 올라오는 거품을 지켜보았다. 만약 하루메가 과거의 좋지 않은 기억을 떠올리고 오늘 밤에도 또 악몽에 시달리더라도 지금은 자신의 이야기를 들어주는 게 먼저라고 생각한 코구마는 하루메의 잔 옆에 유리로 된 머들러를 놓았다. 하루메는 그저 작업을 하는 손놀림으로 탄산수를 휘저었다. 일하느라 커브를 타던 무렵에도 이런 표정이었을까. 오늘 밤은 하루메를 여기서 재우는 게 나을지도 모른다. 하루메가 한밤중에 비명을 지르며 벌떡 일어났을 때 그것이 꿈이라고 알려주기 위해서.

타케치요는 부쉬밀을 탄 탄산수를 한 모금 마시고 만족스럽게 미소 지으며 대답했다.

"불만이야?"

자신이 아시모 사장과의 고용 계약을 보류하고 있다는 이야기일 것이다. 어떻게 대답할까. 아직 형태로 잡히지 않은 채로 어쩐지 계약을 망설이는 코구마의 심중에 남은 사소한 응어리를 뭐라고 설명하면 좋을지 조금 고민했다.

코구마는 자신의 탄산수에도 부쉬밀을 따랐다. 한 방울, 두 방울, 세는 게 귀찮아져서 적당량을 따랐다. 잔 절반 정도를 단숨에 마셨다. 카운터에 잔을 큰 소리가 나게 내려놓고 대답했다.

"아주 불만이에요."

말한 다음에 코구마는 남은 탄산수를 완전히 비웠다. 부쉬밀이

목을 살짝 쳤지만 이 정도는 양주맛 케이크 한 조각 정도도 안 된다. 체포할 수 있는 사람이 있으면 와서 체포해 봐라, 이쪽도 스스로의 자유와 존엄을 지키기 위한 수단을 행사하면 그만이다.

카운터에 엎드려 있던 하루메가 고개만 들고 말했다.

"뭐가 문젠데? 전철만 타면 돈을 받을 수 있다니 내가 대신 하고 싶을 정도인데."

코구마는 탄산수를 더 따르며 하루메에게 말했다.

"핸드캐리가 아니라 라이더로서라면 얼마든지 소개해줄게. 하루메가 커브를 타고 일하면 한 달이면 그 불탄 가건물 같은 연립주택에서 나와 역 앞 타워맨션에서 살 수 있어."

하루메는 코구마에게 혀를 쏙 내밀었다.

"만약 커브를 타라고 한다면 독당근을 먹고 죽을 거야. 나는 그 집이 마음에 들어. 먹을 수 있는 풀이 잔뜩 자라고 정원에서 퇴비 만들어도 집주인이 화내지 않으니까."

하루메는 요즘 굶어죽지 않기 위해 가정 텃밭을 만들고 있다고 한다. 수집 취미의 끝은 개인 텃밭이라고 들은 적이 있다. 어쩌면 하루메는 어지간한 대학생이나 직장인보다도 고급스럽고 질 좋은 생활을 하고 있는지도 모른다.

타케치요가 자리에서 일어나 찬장에서 멋대로 소고기육포를 꺼냈다. 타케치요가 냉장고 안까지 뒤지는 건 참을 수 없으므로 이야기를 이어갔다.

“나는 돈이 필요하고 돈을 원해. 커브를 유지하면서 소박한 대학 생활을 하고 싶을 뿐인데 아직 가공 선반 기계조차 못 사고 있어. 나는 일을 하고 싶어. 하지만 그 직장의 일은 내 일이 아니야.”

타케치요는 카운터 위에 있는 접시를 들고 위에 담겨 있는 것을 집어 들었다. 조금 전까지 하루메가 먹던 멜론 껍질이다.

“네 일이란 건 이것 말이니?”

코구마는 하루메가 철저하게 갉아먹었는지 종이처럼 얇고 중간에 찢어져 있는 멜론 껍질을 집었다. 과즙도 빨아먹었는지 바짝 말라 있었다.

“맞아요. 내가 쿠로히메에서 긴자로 배달한 일본 최고의 멜론이에요. 프레젠테이션도 거들었어요. 하지만 그 사장 밑에서는 고작해야 가장 가까운 신칸센역까지 가져가서 핸드캐리에게 전해주는 그냥 배달원 중 하나에요.”

타케치요는 육포를 한 장 꺼내 먹었다. 그리고 봉지 뒷면을 보며 말했다.

“어린애 같긴. 너한테 일은 고작 그 정도니? 사회에 공헌하고 열심히 일한 보수를 받는다. 그게 일 아니야?”

타케치요는 소고기육포 봉지 뒤에 인쇄된 표시를 보여주었다. 생산자와 수입자 표시가 있다. 그곳에 배달한 사람의 이름은 적혀 있지 않다.

“적어도 나한테 일이란 자신의 유치한 환상을 의탁하는 것이 아니야. 눈에 보이는 이익과 그것의 정당한 분배지."

타케치요가 평소보다 감정적으로 보였다. 코구마도 아마 그럴 것이다. 어쩌면 이 안에서 가장 어른인 건 졸고 있는 하루메일지도 모른다. 적어도 그녀는 지금의 자신에게 가치가 있는 것이 무엇인지 알고 있고, 그것은 눈앞의 시시한 잡담이 아니다. 코구마는 짜내듯이 말했다.

"알아요. 하지만 그 회사에서는 제가 일개 톱니바퀴밖에 되지 않아요."

갑자기 고등학교 동급생이었던 레이코가 떠올랐다. 고2 가을에 헌터커브로 바꾸기 전까지 레이코는 우편 커브를 탔다. 그녀는 우편 커브의 각 부위마다 커스텀해 부품을 수도 없이 교환하고 파기했지만 스프로켓이라는 체인 톱니바퀴만큼은 제거한 노말 부품을 벽에 장식했다. 레이코의 말에 따르면 우편 커브의 스프로켓은 가혹한 우체국 업무를 견디기 위해 수익성을 고려하지 않고 만들어졌고, 특히 톱니바퀴 날 부분은 현재의 어떤 고급차에서도 사용하지 않는 장인이 수작업으로 깎은 것이라고 한다. 하지만 레이코가 우편 커브에 장착한 스프로켓은 그것이 아니었다. 에프터 부품 회사에서 나온 가공도 완성도도 조잡한 스프로켓이었다. 그러나 기어비만큼은 어느 회사의 스프로켓보다 레이코의 튜닝한 엔진에 적합했고 레이코는 다른 어떤 불편을 감수하더라도 1킬로미터라도 빠른 속도와 뇌가 뒤로 빨려나갈 것 같은 가속을 선택했다.

타케치요는 아무 말도 하지 않았다. 아무 말도 할 필요가 없음을 깨달았는지도 모른다.

코구마 안에서 이미 대답은 정해져 있는 듯했다.

결국 타케치요는 그 후 연한 하이볼을 몇 잔 더 마시고 뻔뻔하게 코구마네 집에서 자고 갔다.

하루메는 침낭을 빌려줬더니 거실에서 적당히 내일 얼어 죽지 않고 깰 수 있을 것 같은 장소를 발견하고 잠들었다.

타케치요는 코구마가 예상한 대로 침실에서 집에 한 채밖에 없는 이불을 사용했다. 코구마는 같은 이불 안에서 타케치요와 되도록 멀리 떨어져서 잤다.

이튿날 아침으로 베이컨과 달걀을 넣은 팬케이크까지 먹고 돌아가려는 타케치요는 뭔가 불만을 쏟아내려고 한 코구마를 가로막듯이 말했다.

"괜찮아. 설령 앞으로 코구마의 무언가가 변한다고 하더라도 코구마는 코구마야."

정말이지 열 받아 죽겠다.

타케치요와 하루메를 배웅한 코구마는 채비를 하고 쿠니타치후추로 향했다.

어제도 만난 군인처럼 머리를 깎은 나이 많은 경비는 코구마가 입은, 이제는 생산도 판매도 하지 않는다는 닉 애슐리의 라이딩복에 대해 이것저것 물어보고 사장실까지 들여보내 주었다.

약속 시간인 정오보다 많이 이른 시간이라 모든 일이 효율적으로 통제된 아시모의 회사에서는 내일 이후로는 허락되지 않겠지만 오늘 정도는 자신의 의지와 심정, 규범을 주장해도 괜찮을 것이다. 빨리 오면 그만큼 많은 일을 할 수 있고 일이 없으면 현관 앞이라도 쓸면 그만이다.

어제와 마찬가지로 순백의 바지 정장을 입은 아시모에게 코구마는 말했다.

"답변이 늦어졌지만 다시금 잘 부탁드립니다."

여기서 일하면 회사의 톱니바퀴 중 하나가 된다. 하지만 커브를 타는 사람으로서 톱니바퀴의 가치를 비웃을 수는 없다. 대학생으로서 몇 년 뒤에는 취직해야 하니, 일단 지금은 자신이 사회 활동 분야에서 시스템의 일부에 편입될 수 있는지 어떤지 알아봐야겠다고 생각했다.

아시모는 약속을 무시한 점이나 코구마의 차림새에 대해서는 아무 말도 하지 않았다. 그저 데스크탑으로 몇 가지 갱신 작업을 하고 코구마에게 계약서가 표시된 태블릿을 내밀었다.

생체인증으로 날인한 후 태블릿을 돌려준 코구마는 아시모와 악수했다. 역시 손의 온도가 의수처럼 낮았다. 이 손을 따뜻하게 데워주고 싶은 마음은 없었다. 차게 식은 손에서 받아도 돈은 돈이다.

만약 이 사장이 이단을 배척하는 세상의 불쾌한 흐름에 휩쓸려

이 손이 여전히 차가운 채로 남을 수 없게 된다면 코구마는 아시모가 스스로 바라는 온도로 계속 있을 수 있도록 할 수 있는 한 조력할 것이다.

자신에게 지불할 돈을 셀 때는 손이 차가워야 잘못 세는 실수가 없어 더 좋다.

오늘부터 코구마는 P.A.S.S의 학생 계약사원으로 아시모 사장의 정식 부하가 되었다.

(32) 톱니바퀴

코구마는 퀵서비스 일을 본격적으로 시작했다.

아침에 조금 단조로워지고 있는 말린 전갱이와 무나물밥, 사과로 식사를 마치고 커브를 타고 대학교로 간다.

여전히 크게 지식을 얻을 수는 없지만 일과 양립하게 된 뒤로는 좋은 기분 전환 시간이라고 여기게 된 대학교 강의를 듣고, 요즘은 직접 만든 도시락보다 의존하는 학생 식당으로 간다.

카페테리아 학식에 있는 동글동글한 체형의 빨간 머리 종업원은 여전히 퉁명스러웠다. 코구마가 무엇을 주문해도 꼼꼼하게 빵 종류와 안에 넣을 필링, 달걀은 서니사이드업인지 턴오버인지 음료에 넣는 설탕과 크림의 양, 또는 지금 배가 고픈지, 일만 하느라 언제 여유가 생기는지를 말하지 않으면 주문을 받아주지 않는다. 솔직히 대학교에서는 교수가 아니라 그녀에게서 지식을 얻어간다는 기분이 들었다. 어쩌면 자신의 주문 방법이 서투른지도 모른다. 예를 들어 점심 주문 이외의 무언가를 제대로 코구마가 말해주기를 기다리는 중이라고 깨닫는다거나 하는 등이다.

점심을 먹으면 대학교에서 커브로 10분 남짓인 P.A.S.S 본사로 출근해서 바이크는 원동기지만 라이딩복을 유난히 잘 아는 군인 같은 외모의 경비와 가벼운 잡담을 나눈다. 그러고 나서 사옥 1층

차고로 간다.

종이가 아니라 스마트폰 어플로 된 타임카드를 찍은 뒤, 야마나시에서 퀵서비스 일을 할 때와 다르지 않은 그물 조끼 일체형의 패드가 들어간 라이딩 재킷을 입고 코구마의 전용차로 빌려준 녹색 CT125 헌터커브를 타고 일하러 간다.

업무는 꽤 순조로운 건지 일이 끊임없이 들어와서 오면 바로 나가는 상황이었기에, 같은 라이더와 얼굴을 마주하는 경우는 별로 없었다. 아직 코구마 같은 라이더나 도보로 움직이는 핸드캐리를 지휘 관리하는 오퍼레이터와 이야기할 기회가 더 많은지도 모른다. 도쿄는 내 몸, 도로와 철도 노선은 내 혈관, 그리고 너희는 혈액이라고 하는 오퍼레이터는 말 그대로 도쿄 도내의 온갖 도로의 구조와 도로 상황을 훤히 꿰고 있어서 언제나 정확하게 지시를 내렸다.

그녀의 이야기에 따르면 커브를 타는 여성으로 구성된 퀵서비스 라이더는 하나같이 독특하다고 한다. 코구마가 "그거 큰일이네요" 하고 말하자 오퍼레이터는 "너도 그중 하나야"라고 말했다.

업무량만큼 보수를 받는 일이 끊이지 않고 대기 시간도 없이 들어오는 건 고마웠지만 과중한 부담이 되지는 않는지 물어보았다. 만약 그런 상태를 방치하는 회사라면 또 하루에 같은 사람이 희생된다. 오퍼레이터는 그 사장이 일을 그렇게 꾸려나가는 경우는 '절대로' 없다고 했다. 언제나 적절하게 일을 분배하고 가능한 범위의 노동을 시키고 상응하는 보수를 지급한다. 사장은 인간의 감정이 없는 것처럼 보였지만 마음이 있는 인간을 다루는 수완은 누구보다도 능란한 듯했다.

코구마는 회사의 라이더로서 하루하루를 보냈다. 오퍼레이터의 말대로 일은 무리하지 않고 피로가 남지 않는 밀도로 계속 들어왔고 사전에 계약한 근무 시간 범위에서 반드시 끝났다. 고등학교 때부터 계속 퀵서비스 라이더로서 일해 왔다. 라이더가 사회의 톱니바퀴라면 어떤 톱니바퀴에도 지지 않는 속도로 계속 돌아왔다. 다른 어떤 톱니바퀴와도 맞물리지 않고.

여기 온 뒤로는 바이크가 원동기2종이 되고 운송도 한정적인 범위만 부담하게 되었으므로 톱니바퀴는 이전보다 빨리 돌지 못하게 되었다. 그로 인해 대학교에서 타케치요와 하루메에게 불만을 쏟아낸 적도 있다.

하지만 핸드캐리나 오퍼레이터, 또는 자전거 메신저와 공동으로 일하면서 전보다 더 큰 일에 관여할 수 있게 되었다. 이름을 대면 모두가 아는 대기업의 트러블을 커버하고, 관청가에서 의뢰한 국정 관련 급송을 하기도 했다. 지금까지 있던 곳에서는 불가능했던 대규모 일이었다. 하지만 지금까지 함께 일한 사람이 언젠가 코구마가 그렇게 되기를 바라며 길러준 능력이다.

혼자 돌던 톱니바퀴는 다른 톱니바퀴와 맞물리면서 함께 서로 힘을 전달하고 톱니바퀴의 집합으로 만들어진 사회라는 어마어마하게 큰 기계가 움직이기 시작했다.

코구마의 세계가 돌아가기 시작했다. 코구마는 자신의 주변에 있는 것을 스스로 움직이기 시작했다.

코구마의 시간이 코구마 본인의 힘으로 나아가고 있었다.

국민의 공휴일과 전혀 상관없는 일을 하는 사이에 골든위크는 자신의 아래로 흘러갔고, 5월의 날들이 지금까지와는 전혀 다른 속도로 다가왔다가 멀어졌다. 커브를 처음 탔을 때 같았다.

생각해보면 4월까지는 걸어가는 속도로 완만한 시간을 보냈다. 지금은 커브로 달리기 시작했을 때처럼 주변의 시간이 흐른다. 떠밀려 흘러가는 게 아니라 스스로 이 속도 안에 뛰어들어 자신의 힘으로 세상을 움직였다.

코구마는 빠르게 흐르는 시간 속에서 자신이 어디로 가는지 고민했지만 지금까지 커브를 탈 때면 그랬듯이 달리다 보면 알게 될 것이다. 달리지 않으면 발견하지 못하는 것도 있다.

코구마는 사회의 일원으로 살아가고 있었다.

(33) 나의 커브

코구마가 아시모 밑에서 퀵서비스 일을 시작한 뒤로 얼마간 시간이 지났다.

대학교 생활을 포함해서 그런 나날들은 지극히 단조로웠지만 가치 없는 단조로움이라고는 여기지 않게 되었다.

매일 클라이언트에게서 배송 물품을 받아 가장 가까운 역에서 핸드캐리 담당자에게 넘기는 특별할 것 없는 일에도 불확정 요소는 존재했고 그런 요철을 조금씩 다듬어갔다. 그로 인해 얻는 지루함 대신 사고 회피라는, 사회인은 물론 바이크를 타는 사람에게도 가장 중요한 것을 손에 넣었다.

처음에 바이크를 타는 아르바이트를 했을 때도 같은 생각을 했던 기억이 있다. 어제와 똑같은 주행을 하는 것이 아니라 어제와 똑같도록 맞춰 나간다.

적어도 업무 내용이 안정적인 덕분에 일을 더 많이 넣을 수 있게 되어서 코구마가 아르바이트를 시작한 가장 큰 목적이었던, 커브에 필요한 물건들에 관한 계획 없는 낭비의 결과로 초래한 경제적인 위기 상황은 조금씩 해소되어 갔다. 가공 선반 기계 다음에는 바이크를 수송하는 트랜스포터 소형 밴이라도 살까.

그래도 매일 흥미진진한 일을 했던 코후의 퀵서비스 시절이 떠오르는 인상적인 일이 들어올 때도 있었다. 출판사에서 집필업을 하는 사람의 원고를 회수해 오는 의뢰를 받았을 때, 자신이 조금쯤은 올바르고 도의적인 사람이라고 생각하는 코구마는 도저히 이해할 수 없는 이유로 일을 땡땡이치는 게으른 집필자가 원고를 전혀 쓰지 않았다고 상황을 보고했다. 그리고 고등학교 시절에 바이크 잡지 일을 의뢰받았을 때부터 알게 된 편집자가 은밀하게 의뢰한 대로 '조금 강제적인 방법'을 사용해 집필자에게 물리적인 압박을 줘서 원고를 제 시간에 작성하게 하기도 했다.

한 만화가가 퀵서비스 장면을 그려야 하는데 자료가 부족해서 곤란해졌을 때, 담당 편집자가 내용물 없는 빈 봉투를 급송으로 퀵서비스 회사에 의뢰한다는 묘안을 떠올리고 만화가 자택으로 봉투밖에 없는 물품을 배송하러 간 코구마가 퀵서비스 라이더라는 살아 있는 자료가 된 적도 있다.

사진 잡지 종류와는 밀도가 비교도 안 될 만큼 전방위 전각도로 작화 자료 사진을 찍히며 이런 일에 지정된 것은 의외로 자신이 사장 마음에 들어서 인지도 모른다고 생각했다.

사장은 '외모와 유연한 대응력, 표정과 나이 등을 종합적으로 판단한 결과'라고 했으므로 단순히 어떻게 봐도 퀵서비스 라이더로밖에 보이지 않는다는 이유로 뽑혔을 뿐인지, 여전히 그 사장의 본심은 알 수 없었다. 애당초 그 사람에게 본심이나 사심 같은 것이 있는지 어떤지도 모르겠다.

가장 자극적인 일은 코구마가 이곳에서 일을 시작하고 조금 지났을 때부터 자주 의뢰받게 된 서포트나 헬프라고 불리는 업무다.

바이크 사고, 고장이나 전철 지연 등 급송을 예정대로 수행하기 어려워진 경우 바로 현장으로 달려가 물품을 인계받는 일이다. 당연히 상당한 추가 수당이 들어온다.

목장 노동에서 가장 위험한 일은 무리에서 떨어진 양을 회수하는 일이라고 한다. 양이 자력으로 오르지 못하거나 내려가지 못하는 협곡에 빠져 죽음만 기다리는 길 잃은 양을 사람의 힘으로 안전한 곳까지 메고 나르는 일은 자칫 발이 미끄러지기라도 하면 단숨에 목숨이 날아간다. 사냥을 하거나 다른 목장과의 항쟁이나 밀렵꾼 상대로 총격전을 벌이는 일은 장난처럼 보이는 수준이라고 들은 적이 있다.

사고를 당한 라이더의 헬프로 갔을 때는 상대가 마흔이 넘은 초로의 남성이었는데, 여자 라이더가 어지간히 싫은지 커브 블랙박스에 기록된 자신의 운전 실수를 절대로 인정하려고 하지 않고 사사건건 '여자가', '여자는 온순하고 고분고분해야지', '이래서 여자는', '내가 바이크를 타던 시절에 여자는' 같은 말만 반복하는 바람에 상대에게 달려들려는 라이더를 진정시키고 중재하느라 진땀을 뺐다. 하지만 이미 나이도 먹을 대로 먹었으면서 어린애 같은 표정과 말투인 상대 운전자가 "여자가 커브 좀 탄다고 잘난 체하지 마" 하고 무례하게 몸에 손을 댄 순간 코구마가 곧바로 끼어들어 그 남자의 엄지손가락을 가볍게 잡고 엄지가 시작되는 곳의 혈 자리를 눌렀다. 고등학교 때 최강의 격투기를 습득한다며, 이미 열일곱이건만 나이만 헛먹은 멍청이 같은 생각이 떠오른 레이코가 이것저것 물어보고 다닌 끝에 가장 실전적이고 강력한 무술로 선택한 '체포술' 연습 상대가 되면서 익힌 기술이다.

싹싹한 편의점 직원이 가끔 손님의 손에 자기 손을 내밀어 잔돈을 거슬러주는 것처럼 보이는 데다 상대는 손에 통증을 느끼지도 않는다. 전해져 오는 것은 뼈를 연결하는 연골을 직접 손가락으로 잡혀 있고, 조금만 힘을 주거나 뿌리치려고 흔들면 손목이 똑 부러질 것 같은 싸늘한 식은땀이 흐르는 감각뿐이다. 한때 경찰이었어서 그 기술의 무서움을 아는 동료 라이더가 필사적으로 말리는 가운데, 겉보기나 지위가 약한 사람에게만 공격성을 드러내는 볼썽사나운 남자를 미동도 하지 않고 제압한 후 현장에 도착한 경찰에게 넘겼다.

상대는 '히스테리를 부리며 반쯤 미쳐 날뛰는 여자를 진정시키려고 어깨를 살짝 잡았다'고 했지만 실제로는 상대의 자유를 빼앗으며 명백히 성적 의도로 몸을 만지고 행동과 말로 폭력을 행사한 사실이 찍힌 영상과 스마트폰에 기록된 명료한 음성이 남아 있었다. 무엇보다 생활안전과 경찰이라는 이력이 있고 바이크 절도단에 비공식 잠입 수사를 하다가 퀵서비스 라이더로 이직한 특이한 라이더 동료의 연출로 코구마는 시시한 전과가 남는 상황은 피할 수 있었지만, 경찰관이 왔을 때 "폭행죄 파손죄 불경죄로 우리 같은 남자의 적을 체포해!"라고 외쳐대던 남자가 며칠 뒤 태도를 홀랑 뒤집어 노모와 함께 무릎을 꿇고 사죄하러 회사까지 찾아오는 바람에 조금 성가셨다. 아시모 사장이 이후의 접촉 금지와 피해의 완전하고 최종적인 변제를 하도록 '처리'했다고 하는데 그 이후의 전말은 모른다. 그 사장은 그래 보여도 법조계 관계자뿐 아니라 기타 부채 회수를 생업으로 삼는 사람들과도 관계가 깊다고 한다.

몇 번인가 서포트를 받은 결과, 코구마를 셰퍼드라고 부르는 라이더 동료도 있었다. 낙오된 폭격기를 유도해 기지까지 데려오는 모스키토 경폭격기를 그린 포사이스의 초기 단편 명작을 말하는 걸까 싶었지만 단순히 부리기는 편리하지만 물리면 골치 아픈 녀석이라고 여기는지도 모른다.

어느 쪽이든 셰퍼드는 싫지 않았다. 자주 다니는 고객 중에 경찰견이었다는 셰퍼드를 키우는 집이 있는데, 맨 처음 갔을 때에는 늠름한 집 지키는 개로서 격렬하게 짖어댔지만 코구마가 잭 히긴스 소설에서 읽은 '올드 아이리시 매직'이라고 하는 고음을 유지하는 휘파람을 불면서 독특한 움직임으로 가만히 손가락을 코끝에 갖다 대는 방법으로 길들인 뒤로 그 집에 갈 때마다 로렌스라는 이름의 셰퍼드는 개집에서 느릿느릿 나와서 '자, 만지게 해줄게' 같은 느낌으로 머리를 비비게 되었다.

그러고 보니 포사이스도 히긴스도, 셰퍼드에게 붙인 이름을 따왔다는 작가 토머스 에드워드 로렌스도 코구마의 할아버지 나라인 아일랜드와 관계가 깊다.

그날 코구마는 도쿄와 거의 인접한 카나가와현 야마토시에 와 있었다.

오늘 일은 미군 아츠기 기지에서 받은 물품을 미나토구 아자부에 있는 미군 관계자 전용 숙박 시설 뉴산노호텔까지 배송하는 일이다. 아츠기에서 아자부 산노와 아카사카의 미대사관까지는 연락헬기가 뜨는 걸로 아는데 지금은 미군도 경비와 인건비에 까다롭다고 한다.

코구마는 의뢰인인 여성 대령이 남들 눈을 피하듯 금고에서 꺼낸 관제봉투를 받아들었다. 아주 평범한 마닐라봉투에 간소한 봉인이 찍힌 만화잡지 크기의 물품인데 이상하게 무거웠다. 마치 주간 만화잡지가 아니라 그보다 훨씬 얇고 이상하게 표지가 단단한 책자가 여러 권 들어 있는 느낌으로 의뢰인 대령은 생각보다 유창한 일본어로 "보면 안 돼요" 하고 말했다.

대령은 물품을 수령한 코구마를 게이트까지 안내해 주었다. 곳곳에 있는 경비 초소에서 봉투 내용물을 검사하는 것을 경계했는지도 모른다. 대령과 기지 안을 나란히 걷는 퀵서비스 라이더, 군의 정예부대가 입는 택티컬 베스트와 비슷하다고 볼 수 있는 차림의 코구마를 본 젊은 중사가 무슨 착각을 했는지 코구마에게 경례했다. 양손을 파닥파닥 흔들며 "챠오~" 하고 방긋 웃는 대령 옆에서 헬멧을 쓴 상태인 코구마도 떨떠름한 얼굴로 답례했다.

마니아가 아니라도 레이코와 같이 지내다 보면 모자 없이 경례하거나 답례하면 해병대에서는 거니라고 부르는 고참 중사에게 걷어차인다는 것 정도는 알게 된다.

꽤나 잘생긴 흑인 중사는 정석대로 코구마가 답례를 풀 때까지 직립부동 자세로 경례했다.

일 때문에 출입이 허락된 사가미가와강 하천 퇴적 지형이 개발되지 않고 그대로 남아 있는 미군기지 부지는 코구마에게 흥미로운 곳이었지만, 그 미군 대령이 코구마도 같은 취미를 가진 여자인지 일일이 떠보려고 하는 게 성가셨다. 그래서 사가미하라 시가지에서는 부동산 랭킹으로도 적용되는 상단, 중단, 하단의 다층 하안 지형에 아쉬움을 남기고 재빨리 기지를 뒤로 했다.

애초에 코구마는 그런 책이나 2차 창작물을 좋아하지 않는다. 코구마가 즐겨보던 애니메이션이 미남들의 뜨거운 우정을 그린 애니매에션에 매출 면에서 크게 뒤진 탓도 있어서 보고 싶은 마음조차 생기지 않았다. 다만 퀵서비스를 불러서라도 동호인들의 신간이 무사히 발행된 기쁨을 공유하고 싶어 하는 마음을 모르지는 않는다.

물품 수령이 원활하게 이루어져서 코구마는 예정보다 빨리 오퍼레이터가 지시한 역에 도착할 수 있었다.

당연히 도쿄 23구까지의 급송이므로 인근 역에서는 전철을 이용하는 핸드캐리에게 물품을 바통터치 한다.

코구마가 도착한 곳은 사가미선 이리야역이다.

아츠기 기지에서 가장 가까운 역이 있는 사가미선은 차량 사고가 발생해 임시 연휴 상태다. 차량 조립과 보수에 많이 사용된다는 테이프가 떨어졌는지도 모른다. 누군가가 부족해진 테이프를 사비로 사 올 때까지 복구 전망이 서지 않나 보다.

오퍼레이터는 연휴와 대체 운송에 의한 혼잡을 피하기 위해 코구마를 이 역으로 유도했다. 아무튼 물품 내용물은 무심코 전철 안에서 꺼냈다가는 매우 곤란한 물건이다. 아무리 다른 사람이 맡긴 것이라고 주장해도 코구마가 이상한 오해를 받는다.

단선전철 역은 그곳이 도쿄 근교라고는 믿을 수 없을 만큼 간소했다.

사방이 논밭인 가운데 한쪽 면만 플랫폼인 역이 오도카니 있을 뿐이고, 역 규모에 비해서 넓은 주차장 안에 계단을 다섯 단만 올라가면 플랫폼이 나온다. 플랫폼 이외에는 아무것도 없었다.

반쪽짜리 플랫폼에는 간소한 지붕이 드리워져 있지만 티켓 판매기도 매점도 역사도 없고, 있는 것이라고는 스탠드형 재떨이 같은 교통카드 터치툴과 작은 청소도구함 뿐이었다.

고향에 있던 코우미선이나 미노부선의 무인역을 떠올린 코구마는 품을 들여 역 앞 상점가와 번화가가 어디에 있는지 찾아봤지만 사방을 둘러보아도 논밖에 보이지 않았고 자판기 한 대 없었다. 멀리 보이는 대형 가전매장은 도쿄 도내에서라면 전철을 타고 두 세 역은 가야 도착할 것처럼 멀었다.

주차장에 세운 커브에 앉으며 손목시계를 본 코구마는 물병 홀더에 끼워둔 차를 마시며 조금 기다려야 할지도 모르겠다고 생각했다. 물품 수령처인 미군기지에서 대령이 권유에 못 이기는 척 멕시코풍 스프링롤인 엔칠라다라도 먹고 오는 게 나았을지도 모른다. 대령은 기지 내에 있는 멕시코 음식점의 엔칠라다는 갓 지은 밥에 올려 먹으면 일품이라고 했다.

차를 마시며 스마트폰을 보고 시간을 보내는데 옆에 커브 한 대가 와서 섰다.

그 커브는 코구마가 개인적으로 타는 것과 같은 구형 차체 커브였다. 전자제어 엔진을 탑재한 신문 배달용 프레스 커브로 차체에는 애니메이션 캐릭터가 구석구석까지 랩핑되어 있는 이른바 오타쿠 바이크다. 엔진을 바꿨는지 소리가 굵고 번호판도 91~125cc 엔진용인 핑크로 바뀌어 있었다. 계절은 이미 초여름인데 그대로 달아둔 윈드실드 뒤에는 8인치 정도의 태블릿이 직접 만든 듯한 홀더에 고정되어 있었다. 태블릿에서는 어플로 커브가 소재인 듯한 애니메이션이 나왔다. 코구마는 화면에 비친 주인공으로 보이는 소녀가 무척 귀엽다고 생각했다.

애니메이션 캐릭터로 뒤덮인 커브에서는 소년이라고 봐도 무방한 남자가 내렸다. 여자인 자신보다 체구가 작고 피부가 새하얀데다, 반모 헬멧 밑으로 비어져 나온 목덜미까지 기른 머리카락은 다갈색이 돌았다.

그 소년은 코구마가 입은 퀵서비스 업무용 라이딩 재킷과 똑같은 겉옷을 입고 있었다. 코구마가 소속한 P.A.S.S사에서는 핸드캐리 배달원에게도 같은 재킷을 지급했다.

이 퀵서비스의 상징처럼 등과 가슴에 충격 흡수 패드가 들어 있고 호주머니가 잔뜩 달린 그물 조끼 일체형 재킷이 관계자 이외의 출입을 엄격히 감시하는 회사에서 경비원에게 목례만 하고 통과시켜주는 프리패스 티켓 역할을 한다는 사실은 코구마 본인이 몇 번이나 경험했다. 퀵서비스 라이더는 일 때문에 찾아왔고 그리고 그 일은 예외 없이 1분 1초를 다툰다. 불러 세운 결과로 발생하는 지연 책임을 질 정도로 배짱 있는 경비원은 그리 많지 않다.

라이더와 핸드캐리의 역할은 나뉘어 있는 것 같으면서도 모호하기 때문에, 급한 트러블로 코구마가 핸드캐리 대행을 한 적도 몇 번이나 있고 대부분은 자택에서 물품을 받아 역까지 원동기로 오는 핸드캐리가 그대로 라이더를 겸임하는 경우도 있다. 무엇보다 코구마는 현 내에 열차선이 네 개, 그리고 리니어 실험선 정도밖에 없는 야마나시에서 왔기 때문인지 도쿄 도내에 그물망처럼 뻗어 있는 철도 노선을 자유자재로 이용하는 핸드캐리는 매우 서툴러서 대행을 맡을 때마다 환승이나 복잡한 출구 때문에 오퍼레이터의 지시와 스마트폰 기능에 의지해야 했다.

캐릭터 랩핑 바이크로 온 핸드캐리 소년은 코구마보다 코구마가 입은 자신과 똑같은 라이딩 재킷과 등에 써진 회사명 간판을 보고 만나기로 한 사람이라고 알아챈 듯했다. 커브에서 태블릿을 떼어 자신의 계약사원증을 보여주었다.

"P.A.S.S의 라이더시죠? 저는 핸드캐리입니다. 여기부터는 제가 물품을 인계하겠습니다."

코구마도 스마트폰을 꺼내 자신의 사원증을 보여주고 상대에게 확인하게 하며 헌터커브 박스를 열어 봉투를 소년에게 건넸다.

봉투를 받아들고 태블릿으로 전표 바코드를 읽은 소년은 뭔가 아는 게 있는지, 배포 이벤트 같은 곳에서 신간을 살 때 수도 없이 접한 무게와 감촉, 봉투 너머로 전해져 오는 인쇄된 책자의 냄새를 묘하게 잘 아는 표정을 지으며 그것을 자신의 커브에 달린, 역시나 애니메이션 캐릭터 스티커로 도배된 접이식 컨테이너에서 꺼낸 백팩에 넣었다. 백팩까지 애니메이션 미소녀 그림이 그려져 있을 줄 알았는데 게임회사로 보이는 로고가 몇 개씩 들어간 얌전한 디자인이었다. 애니메이션 취미를 가진 사람으로서 완고하고 고지식한 회사에 물건을 배달할 때 갖춰야 하는 처세술은 아는 듯했다.

플랫폼 풍경과 어울리게 시간표도 도심 전철보다 드문드문한 사가미선이 오기까지 아직 시간이 있었으므로 둘이서 조금 잡담을 나누었다. 소년은 코구마가 타는 헌터커브에 대해, 코구마는 소년에 대해 물었다.

소년은 작가라는 아버지가 새로 나온 헌터커브를 좋아해서 자기도 갖고 싶어졌다며, 동업자 사이에서는 이미 "살 거야?" "사야지"라는 이야기가 나오고 있다고 한다.

코구마보다 한 살 어린 고등학교 3학년이라는 소년이 코구마와 같은 퀵서비스 회사에서 일하는 건 코구마와 마찬가지로 돈이 필요해서라고 한다.

코구마가 그렇게 돈을 벌고 싶으면 핸드캐리가 아니라 라이더로 근무하면 된다고 하자 소년은 웃으며 고개를 가로저었다. 그리고 이 주변에서는 라이더 일이 별로 들어오지 않아서 건수를 채우지 못한다고 한다. 현재 상황에서 고등학교 생활을 하면서 받은 일의 건수를 물어보니 코구마보다 훨씬 많았다.

학교에 가는 시간과 자는 시간 이외의 모든 시간을 쏟아 부어 일한다는 소년에게 돈을 어디에 쓰려는지 물어보니 소년은 "커브!"라고 한마디로만 대답했다.

코구마는 "그렇게 돈이 많이 들어?" 하고 물어보았다. 소년의 커브는 보기에는 오타쿠 바이크 사양이지만 차체는 부품이 많이 유통되는 구식이고, 새로 단 외국 엔진 외에 고가의 부품이 달려 있는 것처럼은 보이지 않았다.

코구마가 물어보면서 자신의 커브를 거침없는 시선으로 훑어보는 것을 깨달은 소년은 조금 전 신분증명에 사용한 뒤로 뒤쪽 컨테이너에 던져놓은 태블릿을 꺼내 어떤 화면을 띄워 코구마에게 건넸다.

"이게 갖고 싶어요."

태블릿에 표시된 것은 한 오토바이 튜닝 업체의 상품 사이트였다. 커브, 몽키용 컴플리트 엔진. DOHC헤드와 자사 공장제 5단 미션을 필두로 한 온갖 고가 부품이 달린 고도로 조율된 엔진의 가격은 250cc 오토바이를 신차로 살 수 있는 가격이었다.

사진을 보던 코구마가 태블릿을 돌려주고 스마트폰을 꺼내며 말했다.

"요시무라 컴플리트라면 더 싸게 살 수 있는 곳이 있어. 괜찮으면 소개해줄까?"

소년은 손을 저으며 웃었다.

"괜찮아요. 이미 계약금을 넣었거든요. 이번 달에 죽기 살기로 일해서 잔금을 벌지 않으면 그대로 사라지지만요."

코구마가 연락처를 교환하자고 했지만 정중히 거절한 소년에게 코구마는 아까부터 신경 쓰이던 것을 물었다.

"커브밖에 없어?"

이 소년이 살아가는 목적은 커브뿐일까? 커브를 위해 일하고 커브를 타기 위해 살아간다. 커브로 일하다 망가진 하루메와는 어딘가 대조적인 존재로 보였다. 갑자기 눈앞의 소년은 밥도 안 먹고 여자 친구도 사귀지 않고 어쩌면 숨도 쉬지 않는 게 아닐까 하는 생각이 들었다. 등신대 애니메이션 굿즈가 사람 흉내를 내는 껍데기로 얇은 필름을 벗기면 안에는 커브밖에 없지 않을까.

틀림없이 처음부터 그런 건 아니었고, 이 소년 나름대로 커브를 타는 쾌감과 한창대인 소년 나름의 즐거움을 양립하려고 했는지도 모른다. 그 결론인지 중간 과정인지 그는 커브에 도달했다. 다만 적어도 코구마의 취향으로 보면, 뭔가 몸과 마음을 다 바칠 대상이 없는 사람은 남자로서 매력이 없다. 바이크를 사랑한 적이 있는 남자는 틀림없이 똑같은 열량으로 자신을 사랑해준다.

소년은 코구마의 말에 고개를 갸웃하고 대답했다.

"네? 그렇죠. 이상한가요? 아하하, 역시 이상하겠죠."

사가미선의 파란 줄이 들어간 전철이 왔으므로 소년은 일어나 태블릿을 백팩에 넣고 조금 전 백팩에 넣은 물품을 한 번 더 확인했다. 그리고 코구마와 악수를 나눴다.

“컴플리트 엔진, 살 수 있으면 좋겠다. 하지만 엔진을 바꿔 달아도 거기서 또 돈이 들어.”

소년은 가느다란 몸에 어울리지 않는 강한 악수로 코구마의 손을 쥐었다. 혼자서는 아무것도 못하는 남자는 아닌 듯했다. 누구의 도움도 받을 수 없는 외지에서 커브가 망가져 몇 킬로미터 밀어서 돌아온 적 정도는 있는지도 모른다.

“그때는 또 일하면 돼요. 커브를 위해서라면 전혀 힘들지 않고 무섭지도 않아요.”

전철이 플랫폼에 서고 코구마는 소년과 헤어졌다. 물품 전달을 마친 코구마는 소년의 커브를 보고 뭔가 위화감을 느꼈다.

이중 도난 잠금 장치가 된 프레스 커브의 타이어를 만져보았다. 후륜을 손가락으로 눌러보자 탄력이 없었다. 역시 생각한 대로 슬로 펑처라고 하는 현상으로, 튜브의 미세한 구멍이나 밸브 불량으로 공기가 조금씩 새고 있었다.

커브는 일부 고급 차종을 제외하고 현재 주류인 튜브리스보다 펑크에 취약한 튜브타이어지만 슬로 펑크가 발생해도 며칠 정도는 펑크가 났다고 깨닫지 못한 채 평범하게 탈 수 있기도 하다. 그리고 그 며칠이 지났을 무렵 공기압이 내려간 타이어는 갑자기 일렁거리며 제어 불능에 빠진다.

하체 정비는 직접 하는 건지 각 부품의 볼트 종류에는 프로가 아닌 사람이 몇 번인가 렌치를 댄 흔적이 있었다. 브레이크 롯드 볼트에 꽂혀 있는 풀림 방지 핀도 제조사나 업체가 사용하는 저렴한 일회용 분할핀이 아니라 정비 취미를 가진 사람이 흔히 쓰는, 단가는 조금 비싸지만 원터치로 탈착하고 재사용할 수 있는 베타 핀으로 교체되어 있었다. 각 부위의 덜컹거림이나 체인이 늘어진 정도를 볼 때 의외로 꼼꼼하게 제대로 정비되어 있지만 튜브 밸브의 녹을 볼 때 저렴한 수입 튜브를 사용하는 듯했다. 지금은 제조사 순정 튜브도 해외 생산으로 바뀌었지만 병행 수입해서 인터넷으로 파는 물건은 이따금 롯드 단위로 조악한 퀄리티의 불량품이 나오는 경우가 있다.

코구마는 일어나 양손을 메가폰처럼 대고 전철을 타려는 소년에게 외쳤다.

"이 커브! 펑크 났어!"

소년이 "네?" 하는 표정을 짓는 순간 문이 닫히고 전철은 달려갔다.

퀵서비스 라이더로서의 업무를 마치고 같이 커브를 타는 사람에게도 다분히 자기만족 같은 의무를 다한 코구마는 쿠니타치후추에 있는 본사로 돌아가기 위해 헌터커브의 시동을 걸었다.

커브만 생각하고 커브를 위해 살아가고 정비를 열심히 하지만 살짝 마무리가 약한 소년이었다.

코구마는 커브 외의 다른 것에도 좀 더 눈을 돌리는 게 좋고, 커브를 타는 자신의 몸을 잘 챙겨야 한다, 그리고 그 엔진을 탑재하려면 스템과 시트 밑 사이에 강화 프레임을 용접하는 게 낫다는 등 조언을 두세 가지 해주고 싶기도 했지만 아마도 쓸데없는 참견일 것이다.

그의 애정이 담긴 커브를 보기만 해도 안다. 이 커브를 계속 타는 한 코구마나 그의 주변에 있는 시시한 사람들이 참견하지 않더라도 틀림없이 살아가기 위해 필요한 것은 커브가 알려준다.

코구마는 커브를 탐으로써 지금의 생활을 더욱 개선할 방법을 알았다. 레이코는 커브를 탐으로써 자신이 바라는 모습으로 있는 방법을 얻었다. 시이는 목적을 위해 커브가 있다는 사실과 자신이 진정으로 하고 싶은 일을 잃지 않는 소중함을 배웠다.

틀림없이 머지않아 이 애니메이션 캐릭터로 도배된 커브가 소년에게 설교해줄 것이다. 이대로는 안 된다. 좀 더 자신을 소중히 아끼라고 해줄까.

이대로 충분하다고 할지도 모른다. 수녀 사쿠라이가 언젠가 말했었다. 신은 내가 나답게 살아가는 것밖에 바라지 않는다고.

그것이 그가 선택한 그의 인생이니 다른 누구도, 커브조차도 건드릴 수 없다.

그만의 보석이다.

(34) 마법의 바람

평소보다 30분 정도 늦잠 자고 아침을 맞이했다.

NHK FM으로 체르니 연습곡을 들으며 아침 햇살이 드는 욕실에서 샤워를 하고 오래 입은 데님 상하의를 입고 밥, 말린 정어리, 낫토, 멸치 육수에 감자와 당근, 반숙란을 넣은 된장국, 소송채 참깨무침, 사과 하나의 조식을 바카운터에 차렸다.

시간을 들여 만든 아침을 천천히 먹은 코구마는 이를 닦고 접시와 밥그릇을 설거지한 뒤, 마음만 조금 편해지는 정도의 방범 효과를 기대하며 라디오를 켜둔 채 스윙톱 상의를 걸치고 헬멧과 장갑, 힙색을 들고 목조 단층집을 나왔다.

중후한 문의 이중 자물쇠를 잠그고 방범 필름을 붙인 창문에 직접 추가로 설치한 잠금 장치를 확인한 다음, 정원에 있는 개구리색 ISO 규격 컨테이너의 잠금 장치를 풀고 문을 활짝 열었다.

어두운 컨테이너 안에서 코구마의 커브가 쉬고 있었다. 태양을 반사하며 반짝이는 도금 부품에 코구마는 조금 넋을 잃었다.

이제부터 가장 행복한 시간이 시작된다.

지면의 습기를 피하기 위해 한단 높게 올린 컨테이너에서 직접 만든 슬로프를 사용해 커브를 땅으로 내렸다. 예전에는 미묘한 단차 때문에 바이크를 올리고 내릴 때 조금 힘이 필요했지만 한번 다시 만든 뒤로는 한손으로 쉽게 커브를 넣고 뺄 수 있게 되었다.

물론 그것이 목적이지만 일부러 측량과 수평을 꼼꼼하게 다시 재고 소재를 엄선해 만드는 공정 자체가 재미있었다.

컨테이너 문을 닫고 잠근 뒤 건축용 목재 중에서는 가장 견고하고 내구성이 높아서 선로 침목으로 많이 쓰이는 밤나무 목재 슬로프를 발끝으로 가볍게 찬 코구마는 커브 엔진에 킥 시동을 걸었다.

일하느라 타는 헌터커브처럼 셀로 시동 거는 엔진은 편리하지만 역시 개인적으로 탄다면 피스톤 상하 운동과 크랭크 회전의 이변을 발로 직접 느낄 수 있는 킥 시동이 좋다. 물론 킥을 하는 자신의 몸 상태가 어떤지도 바로 알 수 있다.

등화기와 와이어류 작동, 엔진을 회전시켰을 때의 동적 밸런스를 점검한 코구마는 지갑과 스마트폰이 든 힙색을 몸을 통과시켜 대각선으로 두른 뒤 장갑을 끼고 헬멧을 썼다. 커브를 타고 몸 중심에서 들려오는 커브와 자신의 고동에 귀를 기울인 뒤 스탠드를 올리고 달려 나갔다.

집 부지에서 도로로 나온 코구마는 대학교와 직장과는 반대 방향으로 커브를 몰았다.

오늘은 일이 없다.

대학교 강의도 없다고 치기로 했다.

처리해야 할 일도 없고 목적지도 특별히 정하지 않았다.

오늘은 가고 싶은 곳으로 갈 것이다.

그러고 싶었으므로 그렇게 하는 것이다.

코구마가 처음 커브를 탔을 때와 전혀 다르지 않은 바람이 몸을 훑고 지나갔다.

코구마에게 어디든 원하는 곳으로 갈 수 있는 자유를 약속하고 그에 따른 책임을 잊지 않게 해주는 마법의 바람이다.

대학교에 다니면서 퀵서비스 일을 적극적으로 하는 나날을 보내던 코구마가 대여한 태블릿에 어느 날 사장에게서 메시지가 들어왔다.

"내일은 안 와도 됩니다."

입사한 지 얼마나 됐다고 벌써 잘린 건가 싶어서 코구마는 이유를 머릿속으로 되짚어보았다. 퀵서비스 동료와 차고 안에서 죠죠의 갱댄스를 추는 모습을 업로드한 걸 들켰을까, 업무용 헌터커브의 스피드 리미터를 자르고 고회전 대응 플러그로 교환한 걸 들켰을까. 아니면 거래처의 아이가 헌터커브에 너무 관심을 보여서 정원에서 아이를 뒤에 태우고 2연속 점프와 엑셀턴을 체험시켜주고 그 자리에서 아이 엄마에게 나중에 이 아이들이 면허를 따면 신차 커브를 사주겠다고 약속하게 만든 걸 들켰는지도 모른다. 아이 아버지는 손뼉을 치며 무척 기뻐했다.

어느 쪽이든 추궁하면 순순히 자백하려고 각오하고 사장실에 출두했더니 아시모 사장은 의외의 말을 했다.

"규칙이에요."

사장 말로는 P.A.S.S사에 소속한 직원은 사장 본인이 정한 규정에 따라 일정 이상의 근무 수를 초과하면 휴가를 내기로 정해져 있고, 코구마는 대학생 생활을 겸하면서 그 근무 제한을 슬슬 다 채웠다고 한다. 그러고 보니 지난번에 만난 애니메이션 랩핑 커브를 타는 핸드캐리 소년도 말했다. 이곳은 근무 시간 제한이 엄격해서 일단 다른 회사에서도 일을 받지만 다른 곳은 이곳보다 따오는 일의 질과 양, 효율적인 분배가 엉망이라 힘들다고 했다.

그건 그렇다 치고 왜 내일이냐고 아시모에게 물어보니 여전히 불필요한 말이나 유머라고는 전혀 없는 말로 대답했다.

"내일은 일요일이에요."

말할 때까지 잊고 있었다.

일요일을 보내는 법을 잊으면 언젠가 인간에게 소중한 것까지 잊게 된다. 사장이 코구마에게 그 점을 알려주고 싶었는지, 아니면 지나친 생각일 뿐 단순히 일요일에는 일이 줄기 때문인지도 모른다.

일요일인데도 대학교에서는 강의가 있었고 학점에 아무런 관계도 없는 구직 활동에 대한 세미나였으므로 코구마는 망설임 없이 자체 휴강을 결정하고 휴일을 보내기로 했다.

대학교와 직장이 있는 도쿄 시부의 상업, 주택 지역과는 반대쪽에 있는 무사시노의 또 다른 얼굴, 산악 지대를 향해 커브를 달렸다.

주변의 녹음이 점점 짙어지고 표고가 올라감에 따라 회색 시가지가 멀어졌다. 일과 학업에 바쁠 때는 이따금 그 회색 안에서 멀리 푸르고 어슴푸레한 산들을 보며 지금 당장 저 산으로 달리러

가고 싶어졌다.

지금은 그때 바라보던 푸른 안개 속에 있다. 실제로 가보니 그 장소는 초여름의 짙은 녹음에 감싸여 있었다. 멀리 보이는 회색 도시가 실제로는 알록달록하고 자극적이었던 것처럼.

코구마는 산속을 가르며 이어진 간선도로를 달렸다. 길은 의외의 곳으로 이어져 있었는데 괜찮은 지름길이나 정체를 피할 샛길로 쓸 수 있을 것 같은 도로도 있어 신선한 발견의 연속이었다. 앞으로 일 때문에 달릴 가능성이 있는 무사시노 길을 좀 더 잘 알아둘까 싶기도 했지만 그래서는 휴일의 의미가 없다. 간선도로를 벗어나 좁은 샛길로 접어들었다.

길은 어디로도 연결되지 않는 막다른 곳에 이르기도 하고 개인 주택에 가기 위한 반쯤 사설 도로 같은 길도 있는 등 변화무쌍해 아무리 달려도 질리지 않았다. 앞으로 자신이 살아갈 도쿄라는 땅. 자신의 몸에도 같은 곳의 혈관과 시냅스가 연결되는 감각. 산속에서 갑자기 대규모 분양주택지와 몇몇 주택이 처마를 맞댄 마을을 발견할 때면 만약 자신이 여기서 나고 자랐으면 어땠을까 하고 상상해보는 등 바이크 배회의 묘미를 이것저것 즐기는 사이에 어느 틈에 시간이 흘러갔다.

허기를 느낀 코구마는 산길 중간에 있는 오래된 중화요리집에 들어갔다.

닭육수에 김과 달걀과 나루토 어묵, 죽순이 들어간 심플한 간장

라멘과 가마보코 어묵 볶음밥을 먹다 보니 현지 여고생으로 보이는 운동복 차림의 여자애들이 몇 명 들어왔다. 이곳은 커브로 가게 주변을 달릴 때 본 바로는 목조로 된 고등학교를 중심으로 형성된 이 마을에서 유일한 음식점이었다. 이제부터 놀러 가는 걸까 아니면 어딘가에 놀러 갔다 온 다음일까.

여고생들은 메뉴에 없는 오코노미야키를 주문했다. 야키소바와 달걀프라이를 넣은 히로시마야키와 오사카의 모단야키를 칸토풍으로 바꾼 느낌의 오코노미야키를 먹으며 소녀들은 도쿄 23구에 있다는 유명한 라멘집에 언젠가 가보고 싶다고 이야기했다.

코구마는 그녀들의 이야기를 엿들으며 커브가 있으면 학교에서 돌아가는 길에 잠깐 들러서 갈 수 있다고 생각했다. 고등학교를 졸업하고 아직 몇 달밖에 지나지 않았는데 병아리를 보는 기분인 자신에게 쓴웃음이 났다.

게다가 이 아이들은 정말로 먹고 싶은 것이 있으면 자전거를 타고 어디든 갈 것이다. 사실 지금도 도심에 있는 고등학교에 다니는 남학생과 사귀는 아이가 가을에 문화제가 열리니 다 같이 가자고 이야기하고 있었다.

코구마는 라멘과 볶음밥을 다 먹고 자리에서 일어났다. 여고생들이 먹는 오코노미야키를 추가 주문하려고 생각했지만 그것은 다음에 와서 먹으면 된다. 배는 충분히 부른 데다 여고생들의 대화를 듣다 보니 위장이 아닌 다른 곳이 채워져서 가슴이 조금 아릿해졌다.

의외로 신용카드를 쓸 수 있었으므로 카드로 계산을 마치고 가게를 나왔다.

등 뒤에서 여고생들이 "저 사람은 바이크를 타고 왔을까?" "멋있다, 그치?" 하는 소리가 들려왔다.

코구마는 아래쪽 절반이 불투명유리로 되어 있는 가게의 미닫이문 너머로 시선을 느끼며 커브에 킥 시동을 걸고 헬멧과 장갑을 착용했다. 그리고 작게 중얼거렸다.

"너희가 더 멋있어."

코구마의 커브 옆에는 부모님에게서 물려받았을 자전거가 몇 대 세워져 있었다.

코구마가 이리저리 망설이고 고민한 결과 간신히 도달한 생활이다. 열심히 일하고 학업에도 내키면 힘쓰고 여가를 즐긴다.

아직 한창 자신의 미래를 찾아가는 중인 소녀들이 타는 낡고 손질도 잘 되지 않은 자전거는 코구마의 커브를 비추듯 반짝였다.

오후에도 날이 저물어갈 무렵까지 달리다가 저녁은 돌아가는 길에 있는 수제 빵집에서 산 두툼한 로스트비프 샌드위치와 새우 샐러드, 커피로 때운 코구마는 따뜻한 욕조에 몸을 담갔다.

역시 커브는 특별하다. 10년도 더 전에 제조된 커브 90은 업무용으로 타는 최신 헌터커브 125에 비해 기계로서 거칠고 까다로운 부분이 많지만 그것은 커브의 매력을 떨어뜨리는 요소가 아니다. 액셀 조작에 대한 날카로운 반응은 환경 대책이 반영된 지금의 커브를 상회했고, 만약 외지에서 무슨 일이 생겨도 어지간한 일이라면 혼자 힘으로 어떻게든 해결된다는 안도감이 있다.

지금도 업무용 바이크로는 대부분이 현역인 구형 슈퍼커브는 어떤 시골의 벽지나 항구에 가도 현지의 신문사와 소바가게의 업무를 뒷받침해주는 자전거집에 가면 대부분의 소모 부품을 구할 수 있고 코구마가 직접 엄선해서 싣고 다니는 공구 덕에 부품만 있으면 길 위나 처마 밑에서도 수리할 수 있다. 물론 커브를 탄 뒤로 지금까지 정비와 수리를 익혀온 이 두 손도 있다. 수리가 불가한 사고가 나거나 끌어올리기 힘든 골짜기 밑으로 커브가 떨어졌다고 해도 폐차 절차에 필요한 번호판만 회수하고 차체는 현지에서 처분하면 된다. 새 커브를 새로 살 정도로 벌어놓은 돈도 있다.

고3 겨울, 대학교에 입학한 뒤에도 커브를 계속 타기 위해 바이크 금지인 학생기숙사 입소를 걷어차고 자기 힘으로 살 곳을 찾기로 선택했을 때 코구마가 커브를 고집하는 이유를 이해하지 못한 선생님에게 중요한 건 돈을 내면 살 수 있는 커브가 아니라 커브를 타는 자신이라고 큰소리를 땅땅 쳤지만 요즘 들어서야 간신히 그 말에 행동이 수반되게 되었다.

욕조에 몸을 담그면서도 느껴지는, 일하느라 쌓인 피로와는 다른 휴가를 만끽한 편안한 만족감이 있다. 이런 기분을 맛볼 수 있다면 또 다음 휴일을 기대하며 평일을 보낼 수 있을 것이다.

코구마는 욕조 안에서 아직 몸속에서 부는 바람의 여운을 느끼며 혼자 중얼거렸다.

"내일부터 또 힘내자."

코구마는 욕조 창문으로 바깥을 보았다. 하늘에는 보름달이 떠 있었다.

스스로 빛을 내지 못해서 태양빛에 의지해야 하는 달빛은 자전과 공전 속에서 점점 줄어들고 사라지지만, 자신의 힘으로 세상을 돌고 스스로 빛나는 한 빛은 사라지지 않고 어둠도 오지 않는다.

코구마의 생활은 점점 충만해져갔다.

(35) 파티

언젠가 자신의 장례식이 열린다면 이런 풍경일까.

여전히 급송회사 P.A.S.S에서 퀵서비스 라이더 일을 하며 시간이 빠르게 흐르는 나날을 보내던 코구마는 돌아가는 길에 타케치 요에게 연락을 받았다.

"오늘 저녁에 코구마네 집에 가도 될까? 너한테 꼭 주고 싶은 게 있는데."

그날 코구마는 일하느라 체력을 조금 소모한 상태였다. 어떤 시민체육관에서 열리는 배구 시합장에서 갑자기 공이 부족해져 근처 스포츠 용품점에서는 팔지 않는 경기 규격 공을 갖다달라는 의뢰였다.

경기장이 물품을 수령할 수제 공 공방의 이웃 시에 있었기 때문에 전철로 배송하는 핸드캐리는 사용하지 않고 커브로 직접 배송했다. 그런데 팀 안에서 갑자기 결원이 생겨서 커브가 신제품으로 발매되었을 무렵부터 배구를 했다는 숙녀들에 의해 경기에 끌려나가 선수복을 입고 배구 대회에 출전하게 되었다.

솔직히 이쪽 팀이나 상대팀이나 보행이나 대화조차 제대로 안 되는 상황이었기 때문에 반쯤 돌봄과 사고 방지 케어를 위해 참가한다고 생각했던 코구마는 휘슬이 울린 순간 할머니들의 플레이에 압도되었다.

말로 지시하지 않아도 마음이 통하는 관계라 날카로운 구호만으로 의사를 전달하며 만들어내는 연계 플레이에 세터 코구마는 간신히 따라가는 수준이었다.

이 할머니들 세대는 오락이라고는 그저 수다를 떠는 것밖에 없었다고 한다. 지금은 이 할머니들도 익숙해진 스마트폰과 인터넷이 없던 시절에 눈앞의 상대와 얼굴을 맞대고 질리지도 않고 수다 떠는 여학생들의, 혹시 인간에게는 존재하지 않는다는 능력이 있는 게 아닐까 싶을 정도의 이심전심 앞에서 사람과 대화하는 게 솔직히 싫은 코구마가 맞설 수 있을 리가 없었다.

다음은 비치발리볼 대회를 하니 꼭 참가해 달라는 요청을 정중히 거절하자 촬영 자유인 아슬아슬한 수영복 차림을 봐주지 않는다고 계속 아쉬워했다. 영원한 청춘을 살아가는 여학생들을 뒤로하고 경기장을 떠난 코구마는 조금 피곤했다.

지금부터 돌아가서 손님 맞을 준비를 하긴 귀찮았다. 타케치요에게는 여벌 열쇠가 있는 곳을 알려주고 알아서 하라고 해두었다.

한 번이라도 열쇠를 손에 쥐어주면 숟가락 자루와 손톱줄로 여벌 열쇠보다 더 정교한 복제품을 만들 여자지만 원래 세상에는 열쇠라는 물건이 아무런 의미가 없는 부류의 인간도 있다.

코구마의 집에 있는 지금의 현관문은 한 번 교체했는데, 예전 문은 코구마가 집안에서 갑자기 탈이 나 쓰러진 것을 깨달은 타케치요가 한 방에 걷어차서 부쉈다.

타케치요는 귀에 거슬리는 나직한 웃음소리를 내며 "집에 잘 도착하길 기다릴게" 하고 말하고 전화를 끊었다.

바로 지지난 달에 코구마의 집에 왔던 타케치요가 또 오려고 하는 이유는 잘 알고 있다. 오늘은 6월 5일, 날짜가 바뀌고 6일이 되면 코구마의 생일이다. 1950년대에 혼다 소이치로가 전후 부흥기의 신참 제조사로서는 무모하다고 했던 2륜 세계 GP 레이스에 참가하겠다고 선언하고 나중에 맨섬에서 열린 선수권에 참가를 달성한 기념일이라고 레이코가 알려준 기억이 있다.

코구마는 생일이라고 해서 황천길로 향해 가는 이정표를 일일이 축하할 마음은 굳이 없고, 어차피 타케치요는 생일을 구실로 코구마네 집 홈바에서 한잔하고 싶을 뿐일 것이다. 빨리 돌아가지 않으면 자랑거리인 부쉬밀 병을 다 비울 거라고 생각하며 집으로 돌아왔는데 코구마는 자신이 예상도 못한 광경을 보게 되었다.

단층집과 컨테이너와 넓은 부지가 있고 양 옆에는 아무도 손보러 오지 않는 밭과 아무도 놀러 오지 않는 공원이 있을 뿐인 코구마의 집에서 마치 축제라도 열린 것처럼 사람들이 모여 있었다.

코구마의 차고에 있는 작업등과 산 기억도 없는 가스랜턴으로 밝힌 정원이라고 할 수도 없는 자갈이 깔린 공간에 캠핑 테이블과 의자가 놓여 있고 집 안에는 도저히 들어갈 수 없는 숫자의 사람들이 코구마가 도착하자 환호성을 질렀다.

모두 코구마가 아는 사람들이었다. 시이와 그 풋살팀 멤버, 시이의 부모님과 할아버지, 중고 바이크 가게의 시노 할아버지, 후지산을 오를 때 신세 진 산장 주인과 바이크 잡지 편집자. 골절로 입원했을 때 같은 병실을 쓴 사람들, 우키야 사장과 바이크 동료들. 여전히 작업복 차림에 루카스 영화에 나오는 안드로이드 현상금 사냥꾼으로밖에 보이지 않지만 편안한 정장을 입으면 육체파 헐리우드 배우 같은 해체가게 사장 아이지 씨와 마룬색 여자, 쿠로히메 분교 교사 이쿠자와, 코후의 여교사와 의료검사회사 사장, 에미의 모습을 본 코구마는 무심코 달려가려고 했지만 후미와 너무나도 사이좋은 모습에 걸음을 멈췄다. 후미의 아버지도 있었다. 옆에 놓은 큰 트롬본 케이스만 봐도 여기서 무엇을 하려고 하는지는 명백했지만 불평하러 찾아올 이웃은 근처에 없다. 단층집 뒤에 펼쳐진 묘지에서 야유를 한바탕 날릴지도 모른다. 졸업 후 소원했던 담임 선생님과 가입만 해두었던 동아리 활동 고문 선생님도 있었다. 과일카페의 카자토와 파바로티를 닮은 파티셰의 옆에 P.A.S.S 사람들도 있었다. 업무상으로든 사적으로든 술자리에는 한 번도 나온 적이 없다고 했던 아시모 사장과 통신기 너머로는 몇 번이나 목소리를 들었지만 얼굴은 한 번도 본 적 없는 오퍼레이터는 일할 때의 쾌활하고 기운 넘치는 목소리가 거짓말처럼 수수하고 박복해 보이는 외모의 안경 쓴 여자였다.

코구마가 커브를 타면서 얻은 인간관계다. 자신의 힘으로 손에 넣었다고 하면 지나친 자만일까 싶었지만 생일이니까 괜찮을 것이다.

눈에 보이지 않는 친교의 눈에 보이는 성과가 놓여 있는 테이블 하나에 쌓여 있는 선물로 보이는 상자의 산이다.

인생의 원숙기를 맞이하고 일과 가정을 모두 얻은 사람들. 가끔 친구의 전환점이 되는 생일을 축하하러 가는 여유가 있는 사람들. 그런 일상 속에 자신이 있고, 적어도 있을 수 있으면 좋겠다고 코구마는 생각했다.

그들 중에는 코구마를 자신의 고독과 열등감을 채우는 보호 대상으로 보는, 코구마가 경멸하는 부류의 인간은 없다. 부모를 잃고 남들보다 빨리 어른이 되어야 했던 코구마가 얻은 동등한 관계의 친구들이다.

코구마도 이 중 몇 명의 생일과 기념일을 축하하러 간 적이 있고, 특히 생일이 다가오면 보란 듯이 원하는 물건 리스트를 공개하는 사람에게 코구마의 연줄이 닿는 범위에서 입수한 선물을 보낸 적도 있다. 코구마는 이런 관계가 이어지면 좋겠다고 생각했다. 앞으로 일과 학업에 열중하고 보람 있는 직업을 구해 사회에 공헌하고 가정을 만들어 자손을 남긴다. 그 길에서 벗어나지만 않으면 틀림없이 그렇게 될 것이다.

일단 코구마는 이 모임을 기획한 장본인인 타케치요를 노려보았다. 자신에게 뭔가 깜짝 놀랄 선물이 있다고 흘렸으면서 용케도 이렇게까지 말 몇 마디만으로 돈은 안 드는 생일 선물을 모았다 싶었다.

타케치요의 말을 그대로 믿는다면, 별건 안 했다고 한다. 공통된 지인이 많아 보이는 사람들 중 몇 명에게 소소하게 코구마의 생일 파티를 열고 싶다고 알렸더니 멋대로 퍼져나갔다고 한다. 그 중 몇 명은 이미 생일을 축하할 준비를 하던 중이었고 코구마뿐 아니라 다른 친구나 지인의 생일에도 곧잘 그렇게 한다고 했다.

테이블 위에는 술과 음료수가 놓여 있고 각 테이블 옆에서는 대부분 집에서 먼지만 뒤집어쓰던 것을 꺼내온 바비큐 그릴로 고기를 굽고 있었다. 코구마도 사람들의 됨됨이를 잘 안다. 이런 행사가 있으면 신나서 아끼는 식재료와 아웃도어 용품을 가지고 오는 사람들뿐이다. 더치 오븐이라고 하는 주물 직화 오븐으로 구운 어마어마하게 큰 로스트비프는 브리티시 라이프 스타일을 고수하는 이쿠자와가 가지고 온 게 틀림없다. 테이블 위에도 그렇게 보이는 하이랜드 스카치 병이 있고 그 중심에 코구마를 끌어들이는 살충등처럼 일본에서는 구할 수 없는 머피스 아이리시 위스키가 놓여 있었다.

레이코가 없었다. 이미 일본으로 돌아온 것은 코구마가 의리상 팔로하며 가족 외에는 아무도 좋아요와 리트윗을 누르지 않는 트위터를 보고 알고 있었다.

바이크를 타는 여자는 트위터에서 인기가 있다는 말을 듣고 레이코도 기대했던 모양인데 인기가 있는 것은 귀여운 바이크 초보들이나 그렇고 남자가 기분 좋게 내려다보지 못하고 자신의 열등감만 자극할 것 같은 '여성'은 대상이 아니라고 한다. 레이코와 서로 팔로하는 부유한 여성 바이크 레이서도 비슷한 상태로, 아저씨가 바이크 알려줄게 같은 추잡한 답글도 달리지 않고 만나서 밥 사주겠다는 변태도 없다. 게다가 바이크 소설을 쓰는 징그러운 라노벨 작가도 찾아오지 않는다.

코구마가 오늘의 일을 트위터에 올리자 곧바로 레이코가 오늘은 아버지와 함께 스태미나 덮밥 곱빼기를 먹으러 간다고 답글을 달았다. 코구마도 몇 번 먹어본 적 있는 도쿄 도하의 미식 스태미나덮밥 앞에서 '고작해야' 친구의 생일 같은 건 단무지 한 장 정도의 가치로밖에 인정하지 않는 레이코다웠다. 고등학교 때와 다르지 않은, 자신의 가치관을 무엇 하나 바꾸지 않는 레이코의 모습이었다.

그렇다면 방해라도 하려고 파티장을 둘러본 코구마는 숯불 그릴에 올려진 철판 위에서 미군기지 축제처럼 두툼한 고기가 여러 장 익어가고 있는 동영상을 보내자 레이코는 당장 가겠다고 메시지를 보냈다.

레이코는 단무지로는 움직이지 않았지만, 일본에선 고기 정육 방법이 달라서 좀처럼 먹을 수 없는 티본스테이크에는 움직인다. 고등학교에서 2년이나 시간을 함께 보내면 그 정도는 알게 된다. 솔직히 스태미나덮밥을 꺼냈을 때는 강적이라고 생각했지만 레이코에게 오늘 저녁은 스태미나덮밥이 아니라 안심과 등심을 동시에 먹을 수 있는 스테이크 날인 것이다.

목조 단층집 문이 열리고 마치 애니메이션 여주인공이 그대로 현실 세계에 나타난 듯한 아주 귀여운 소녀가 주방에서 만들어온 요리를 쟁반에 담아 나왔다. 자세히 보니 카페테리아 학식의 퉁명스러운 종업원이었다. 일할 때보다 멋을 부린 빨간 머리 소녀는 코구마를 보고 흥 하고 고개를 돌렸지만 그런 행동도 낮에 볼 때보다 귀여웠다.

(36) 안녕

코구마도 빈 자리에 앉아서 고기와 그릴에 익힌 채소를 먹고 탄산수를 마셨다. 비싼 고기가 거의 없어진 무렵 레이코의 커브 폭음이 들려왔다. 여전히 중요한 순간에 운이 나쁘다.

레이코가 무척이나 낙담한 표정을 짓자 코구마는 철판에 남은 고기 지방으로 부추가 들어간 갈릭 라이스를 만들어 주었다. 기적적으로 남아 있던 마루신 냉동 햄버그를 같이 구워 곁들였다.

눌러 붙은 육즙 향기가 나는 갈릭라이스와 마루신 햄버그는 레이코가 기대한 것과는 달랐지만 아주 싫지는 않았는지 큰 접시를 다 비우고 약빠르게 냉큼 돌아갔다.

가서 아버지에게 초밥을 사달라고 할 거라고 했다. 코구마가 레이코의 귀성에 맞춰 만났을 때는 하와이의 수영 왕자이자 전설적인 서퍼 듀크 카하나모크가 떠오르는 육체미의 쾌남이었던 레이코의 아버지와 보내는 시간과, 배낭여행을 하는 아버지의 세계여행 이야기, 주로 자랑과 과장으로 점철된 인스타그램 뒤에 숨겨진 진실이 지금의 레이코에게는 코구마보다 매력적인 듯했다.

레이코는 파티에서 떠나기 전에 마침 생각난 듯 회색 팔찌를 두고 갔다. 어떻게 통관에 성공했는지는 모르지만 코끼리 꼬리로 만든 행운의 팔찌라고 한다. 솔직히 필요 없다고 생각했지만 일단 공짜니까 구리처럼 단단한 팔찌의 길이를 조정해 팔에 끼워보았다. 어울리지 않았다. 하지만 어쩌면 자신이 대학생이 아니라 더 위험한 일을 하게 된다면 이 팔찌의 행운이 필요해질지도 모른다.

술과 고기 소비량이라는 의미에서는 성대한 파티가 끝나고 모두가 운전을 대리기사에게 맡기거나 걸어서 가도 그리 멀지 않은 미나미오사와역 앞 호텔로 향한 뒤 코구마와 타케치요는 집안 바에 나란히 앉았다.

하루메는 침낭에 감싸여 바닥에서 자고 있었다. 하루메는 침실의 따뜻한 이불 속에서 자는 것보다 극한의 환경에서 간신히 찾아온 잠을 탐하는 때와 가까운 상황에서 편안히 잠들 수 있는지도 모른다. 오늘 밤의 꿈은 나쁘지 않은지 아까 먹은 고기를 반추하듯 입을 오물거리며 칠칠치 못한 얼굴로 자고 있었다.

불행의 진흙탕으로 가득한 고등학교 시절을 보낸 하루메도 오늘밤 코구마와 인연 있는 사람들과 대화한 게 좋은 경험이었던 것 같다. 코구마가 아는 사람들 중에는 그 정도의 불우한 상황은 과자 먹듯 맛봐온 사람들이 적지 않고, 적어도 취미에 너무 몰두한 나머지 굶어죽을 뻔한 경험이 없는 사람은 없었다.

자리에서 일어난 타케치요는 싱크대에 얼음을 채워 식혀둔 떼땅저 블랑 드 블랑 병을 내밀었다.

"일본 법률에 따르면 실지적 운용에 있어 미성년이 성인의 감독하에 사회 학습 범위 내에서 음주하는 것은 관습적으로 처벌 대상에 해당하지 않는데, 어때?"

대학교 관계자로부터 법학 교수가 아는 내용은 이미 다 알고 있다고 들은 경영학 전공 타케치요가 한 병에 2만 엔이 넘는 샤도네이 최고급 브랜드를 내밀었지만 코구마는 손으로 다시 밀었다.

“법률은 상관없어요. 특히 자의적으로 얼마든지 해석해서 누구든 체포할 수 있는 종류의 법은요. 저는 커브로 달리고 싶은 밤에 술은 마시지 않아요.”

코구마는 떼땅저와 함께 식혀둔 스파클링 미네랄워터 병을 집어 직접 잔에 따랐다. 옆에서 취하면 곤란하므로 타케치요의 잔에도 탄산수를 따르고 조금 전까지 손님이 마시다 말고 두고 간 부커스 버번을 향만 날 정도로 따랐다. 그렇게 두고 간 선물로 부쉬밀과 그라파밖에 없던 바의 술 선반이 단숨에 북적거렸다.

연한 하이볼을 조금 아쉬운 듯이 마시던 타케치요는 앞에 놓인 각종 술병 너머로 보이는 주방 등을 보며 말했다.

“그러고 보니 코구마는 몇 살이 되지?”

자신도 이 탄산수에 뭔가 조금 탈까 생각하던 코구마는 딱히 의식하지 않고 대답했다.

타케치요는 모르는 것을 남에게 묻지 않는다. 자기가 입으로 꺼내 스스로 확인하기 위한 질문일 것이다.

“열아홉 살이에요.”

지금까지 아무런 감개도 없었던 말이 코구마의 가슴에 박혔다. 세상에서는 어른과 아이의 경계가 열여덟 살이나 스무 살, 혹은 동정을 못 뗀 서른 살이라고 정하곤 하지만 코구마는 지금 자신이 어른이 된 기분이었다.

물론 그렇다고 지금까지 커브를 타며 보내온 시간과 커브로 해온 일을 멈출 마음은 전혀 없다. 다음에는 작업을 효율적으로 만들어주는 샌드블라스트 설비와 유압 프레스를 도입하려고 생각 중이고, 플라즈마 용접 기자재와 밀링머신도 갖고 싶다. 일단 지금은 지갑에 여유가 생겼으니 우에노에 있는 바이크매장에서 본 배기가스 규제 전에 나온 C50 커브라는 숨은 보물을 커스텀 베이스로 확보해두려고 생각 중이다. 컨테이너 벽도 새로 칠하고 싶다.

배움과 성장의 시기가 끝을 맞이하고 줄곧 바라던 평범한 생활을 손에 넣고 앞으로는 사회에서 책임을 가진 한 인간으로서의 시간이 시작된다.

타케치요는 코구마가 '어른'을 자기 안에 받아들이고 삼키는 좋은 기회를 놓치지 않고 잔을 들었다.

"건배하자."

코구마는 이미 절반 정도 마신 탄산수 잔을 손가락으로 만지작거리며 대답했다.

"왜요? 무엇 하나 축하할 일이 없는데."

타케치요는 방금 코구마가 자각한 것을 꿰뚫어본 것처럼 말했다.

"그럼 작별을 고하자."

타케치요의 목소리를 들은 코구마의 눈에서 눈물이 한 줄기 떨어졌다. 또 한 줄기, 이윽고 눈물은 멈추지 않았다.

"아무래도 정말로 옛날의 나와는 오늘로 안녕인 것 같아요. 아쉽게도. 건배."

코구마는 타케치요와 가볍게 잔을 맞대고 남은 탄산수를 비웠다.

뻐꾸기시계 같은 멋스러운 아이템이 없는 바에서 타케치요의 스마트폰이 오전 0시를 알렸다.

코구마는 눈물을 흘리면서 떼땅저 병으로 손을 뻗을 뻔했지만 손에 든 길이가 긴 잔을 잠시 보다 그대로 창밖으로 던져버렸다.

얇고 섬세하고 부서지기 쉬운 잔이 멀리서 쨍그랑 깨지는 소리가 들렸다.

커브와 보낸 코구마의, 1억분의 1의 청춘이 끝나는 소리가 들렸다.

코구마의 인생이 이제부터 시작된다.

㊲ 슈퍼 커브

코구마는 집 근처의 산길을 슈퍼커브로 달렸다.

집도 드문드문한 시골길 중간에 건물들이 나타났다. 마치다시 오노지마치. 옛날에는 역참 마을이었다고 한다.

관광, 학술연구용으로 역참 풍경을 남긴 건물이 늘어선 일대를 커브로 통과한 코구마는 그 끝, 역방향에서 오면 역참 입구가 되는 중후한 목조 건축물 앞에서 커브를 세웠다.

이 역참 마을의 자료가 소장된 관광안내센터라는 건물 앞에 다다라 커브에서 내린 코구마는 자신의 발로 가도의 역참을 걸어보았다.

발바닥에서 전해지는 감촉과 자극, 자신이 땅에 발을 디디고 전진한다는 감각을 맛보다 보니 이동이라는 행위가 갖는 의미가 인간에게 자유 그 자체라고 느낄 수 있었다.

옛날 일본에서는 사람들의 이동을 제한하고 살 곳과 할 일을 결정해주었다. 코구마도 커브가 없었던 무렵에는 그랬을지도 모른다.

생활에 필요한 물건과 오락이 손에 들어오는 거리와 원하는 물건이 크지 않으면 그것을 주는 세계에 갇혀 있어야 했다. 거기에 만족하지 않고 남들과는 다른 자신의 바람을 이루려면 걸어서 가기에는 너무 먼 거리를 넘어야 하고 그러기 위해서는 전철이나 버스를 탐으로써 무력한 고등학생에게는 타격이 너무 큰 대가를 치러야 한다.

코구마는 커브로 바뀌었다. 자신이 원하는 것을 얻고 원하는 곳에 가는 자유를 손에 넣었다. 그것은 자유를 획득하는 수단이 커브가 아니라도 달라지지 않는다.

무엇을 타고 어디에 가든 자유다. 거기에는 상응하는 각오가 요구되고 때로 폭풍우 치는 바다로 노를 저어야 할 때도 있지만 그 힘과 의지를 커브를 타는 몇 년 동안 얻게 되었다.

어디까지든 나아가자. 내가 나로 존재하기 위해.

끝

후기

이 작품을 구입해주셔서 대단히 감사합니다.

코구마라는 소녀의 이야기는 일단 이렇게 일단락되지만 저는 문득 생각했습니다.

앞으로 코구마는 어떻게 될까.

소녀의 시기를 마치고 한 사람의 어른으로 걷기 시작한 코구마는 앞으로 어떤 인생을 선택할까.

가장 먼저 폐기한 안은, 앞으로 슈퍼커브 전문가가 되어 바이크 관련 업무를 하는 것입니다.

제가 작고 무력하고 아무것도 가진 것 없는 코구마라는 소녀가 커브를 통해 인생을 자기 힘으로 헤쳐 나가는 힘을 얻는 이야기를 쓴 것은 코구마를 어른이 되어서도 커브의 보살핌을 받고 커브의 모태 안에서 나오지 못한 채 죽어가는 사람으로 만들기 위해서가 아닙니다.

그런 인생의 가치를 부정하지는 않지만 코구마는 1권부터 최신간에 이르기까지 그것과는 다른 방향으로 키워왔습니다.

틀림없이 코구마는 앞으로 자신이 진정으로 하고 싶은 일을 발견하고 선택할 것입니다. 지금은 그리 관심을 보이지 못하는 학업에 정열을 쏟을지도 모르고, 진심으로 사랑하는 사람을 만나고, 그 사람과 구축한 가정을 지키는 길을 선택할지도 모릅니다. 어쩌면 딱히 거창한 꿈은 갖지 않고 평범한 회사원이 될지도 모릅니다.

지금 코구마의 눈앞에는 무한한 미래가 펼쳐져 있습니다. 그녀에게 이 풍경을 보여주기 위해 저는 소설 슈퍼커브를 썼습니다.

마지막으로 작품 출판에 협력해주신 스니커 문고 편집부의 K 씨, 애니메이션화, 일러스트집 발매로 다망한 가운데 최종권이라는 이유로 남다른 열의를 불태워 미려한 일러스트를 그려주신 히로 씨. 애니메이션 종료 후의 세계를 눈에 보이는 형태로 만들어 준 코미컬라이즈 담당 카니탄 씨, 제가 그린 세계와는 다른 시점의 레이코 이야기를 만들어 스핀오프 만화를 그려주신 사이토 씨, 제조사 직원으로서, 바이크를 사랑하는 사람으로서 졸작을 보살펴주신 혼다기연공업 감수팀 여러분, 영상화라는 꿈같은 이야기를 이루어주신 애니메이션 스태프 여러분께 진심으로 감사의 말씀을 드립니다.

만약 발표할 기회가 있다면 다음에는 코구마의 열아홉 살 여름을 써보고 싶습니다.

토네 코켄

슈퍼 커브
완주
축하합니다!!
만화책도 끝까지
달리겠습니다!

슈퍼커브
8

2025년 9월 25일 제1판 제1쇄 인쇄
2025년 9월 30일 제1판 제1쇄 발행

지음 | **토네 코켄**
일러스트 | **히로**
옮김 | **이엽**

발행인 | 오태엽
편집팀장 | 이수춘
편집담당 | 이예솔
표지 디자인 | Design Plus
라이츠사업팀 | 이은선, 박경진, 정선주, 신주은, 신윤미
전략마케팅팀 | 김정훈, 이강희, 정누리, 김재철
제작담당 | 박석주

발행처 | (주)서울미디어코믹스
등록일 | 2018년 3월 12일
등록번호 | 제 2018-000021
주소 | 서울특별시 용산구 만리재로 192

인쇄처 | 한산프린팅

●잘못된 책은 구입하신 곳에서 교환해 드립니다.